로크미디어가
유혹하는
재미있는 세상
ROK MEDIA
로크미디어

이것이 삶이다

이것이 법이다 6

2015년 12월 31일 초판 1쇄 인쇄
2016년 1월 6일 초판 1쇄 발행

지은이 자카예프
발행인 이종주

기획 팀 이기헌 송윤성
책임 편집 최전경

발행처 (주)로크미디어
출판등록 2003년 3월 24일
주소 서울시 용산구 원효로97길 46 5층
Tel (02)3273-5135 **Fax** (02)3273-5134
홈페이지 rokmedia.com **E-mail** rokmedia@empas.com

값 8,000원

ISBN 979-11-5939-012-8 (6권)
ISBN 979-11-255-9575-5 04810 (세트)

자카예프 장편소설

이 소설은 픽션입니다.
등장하는 인물 및 지명 등은 현실와 연관이 없습니다.
또한 소설 내에 나오는 법이나 법리 해석의 경우에도 대중문학의 극적 전개를 위하여 일부분 과장되거나 변형된 것이 존재하니 실제 법과 혼동하지 않으시길 바랍니다.

CONTENTS

실적만 좋으면 장땡이냐?

“네.”

누나라는 사람이 나가고 난 후 노형진은 바닥에 손을 대고 천천히 기억을 읽기 시작했다. 사건이 벌어진 시간은 정확하게 알고 있었기 때문에 그 기억을 찾는 것은 어렵지 않았다.

“이거군.”

시간을 정하고 읽기 시작하자 빠르게 흘러들어 오는 기억.

‘역시 동생의 기억이군.’

기억은 비명에서부터 시작되었다.

한 손에 들려 있는 케이크와 설렘, 행복감. 그 감정은 문에 들어서는 순간 사라졌다.

"꺄아악!"

방 안에서 들리는 비명 소리에 동생, 아니 노형진은 안으로 뛰어들어 갔다.

"누나!"

문이 벌컥 열리면서 보이는 집 안의 풍경. 방 입구에 쓰러진 누나와 그 앞에 서 있는 스키 마스크를 쓴 남자의 모습. 그걸 본 노형진은 고개를 갸웃했다.

'칼이…….'

흔한 형태의 칼이 아니다.

남자는 고개를 돌려서 동생을 바라보았다. 그의 눈에는 당혹감이 가득했다. 믿을 수 없다는 눈빛. 하지만 그는 동생을 제압하기 위해 재빠르게 다가왔다. 칼을 들고 다가오는 그 모습은 공포감을 느끼게 했다.

'크윽.'

노형진도 한번 느꼈던 것이었기에 그 감정이 더욱 거북스러웠다. 자신이 죽던 그날 느꼈던 것과 똑같은 감정.

그렇다고 사이코메트리를 그만둘 수는 없을 노릇.

'젠장.'

그는 계속 감정을 추스르면서 기억을 읽었다.

태권도를 배웠다는 이양식은 남자가 달려오자 엉겁결에 돌려 차기를 시전했다. 느껴지는 감정으로 미루어 볼 때 엉겁결에 나온 행동이었다. 그런데 그런 어설픈 돌려 차기에 걸려 칼이 이양식의 뒤쪽으로 날아간 것이다.

'이거 완전히 소가 뒷걸음질하다가 쥐 잡은 꼴이네.'

노형진은 범인의 눈빛이 급격하게 흔들리는 걸 느꼈지만, 이양식은 그걸 모른 채 주변을 둘러보기 시작했다.

그때 범인이 마음을 추스르고는 이양식에게 달려들었다. 이양식은 다급한 마음에 가장 가까이에 있는 물건, 즉 빨래걸이를 잡아서 휘둘렀다. 사실 강하게 민 것으로 봐야 할 것이다.

그런데 그 공격에 범인이 쓰러졌다. 그러자 이양식은 빨래걸이를 집어 던지고는 그대로 누나에게 달려갔다.

"누나!"

누나의 안위를 확인하는 순간 노형진은 긴장했다. 만일 추가적인 공격이 이루어졌다면 지금 일어나야 하기 때문이다.

'응?'

이양식의 시선이 범인에게 향했다. 순간적으로 치밀어 오르는 분노가 느껴지기는 했지만 그보다는 두려움이 더 컸다.

"누나, 도망가자."

이양식은 그대로 누나의 손을 잡고 뛰기 시작했다. 하지만 현관문을 넘지도 못하고 누나가 쓰러지자 이양식은 누나를 안아 들고는 죽어라 뛰기 시작했다.

"이게 끝인가?"

이 현장에서의 기억은 이걸로 끝이었다. 그다음 기억이 경찰의 것이니 이는 즉, 이 사건 이후에 이양식이 다시 들어오지 않았다는 뜻이다.

"거짓말한 건 아니군."

혹시나 하는 마음에 확인했지만 이양식이 거짓말한 건 아니었다.

"그나저나…… 사건이 좀 이상한데?"

이양식의 행동은 그렇다 치고 범인의 행동은 여러모로 이상했다.

"결국 알아보는 것은…… 내가 하는 수밖에 없겠군."

"이게 판결문입니까?"

"네."

최 부장에게 부탁해서 받은 1심 판결문 복사본.

"기가 막히군요."

"제대로 된 수사도 진행하지 않았습니다. 검사 측 주장만 거의 다 들어 줬다고 봐야 합니다."

판결문에는 이양식이 칼을 날려 버린 것까지는 인정하지만 그 상황에서 도망치는 범인을 폭행함으로써 과도한 방어행동을 했다고 되어 있다.

'이 새끼들…… 현장에 한 번도 가 보지 않은 게 분명해.'

기억에 따르면 날아간 칼이 떨어진 방향은 정확하게 이양식의 뒤쪽, 그러니까 입구 쪽이었다.

게다가 노형진이 봤을 때 범인은 도망치기 위해 그쪽으로 뛴 게 아니라 떨어진 칼을 회수하기 위해 달려든 듯했다.

만일 도망치려고 했다면 잡힐 걸 대비해서 거리를 두고 돌아서 나가려 하지, 주먹을 쥐고 정면으로 달려들지는 않았을 테니까.

"말이 안 되는군요."

상대방이 칼을 놓친 상황에서 위험은 해소되었고, 상대방이 도주하는 것이 확실한 상황에서 위험물인 빨래 걸이를 이용하여 가격.

결과적으로 심장마비를 발생시켜 사람에게 치명적인 상해를 입힌 점이 인정되어 과잉 방어로 처벌해야 한다는 내용이었다.

"어떻습니까?"

"정당방위가 확실합니다."

"역시 그렇군요."

최 부장은 솔직히 미심쩍어 했다. 하지만 재단 설립 초기에 노형진이 이상한 사건이 있으면 바로 말해 달라고 했기에 말한 것이다.

"하실 겁니까?"

그 말에 노형진은 고개를 끄덕였다.

"자신을 지키는 건 자기 자신뿐입니다. 그런데 그렇게 했다가 억울해진 사람은 우리가 지켜야지요."

"힘들 거다."

옆에 있던 송 변호사가 걱정스럽게 말했다. 다른 사건들은 그나마 설득이라도 할 수 있지, 이건 판사들이 아예 인정하지 않으려고 하는 부분이 많은 사건인 탓이다.

탁!

노형진이 판결문을 덮으면서 씨익 웃었다.

"언제는 쉬웠습니까?"

또다시 새로운 도전이 노형진을 불타게 만들고 있었다.

"감사합니다."

피해자인 이양식은 눈물을 흘리면서 고마워했다. 누구도 자신을 믿어 주지 않았다. 심지어 국선변호인조차 알아서 하겠다더니 결과적으로는 자신에게 실형이 떨어지게 만들었다.

그런데 노형진은 이미 결판이 났다고 생각되는 사건을 직접 변호해 주겠다고 하지 않는가?

"감사할 건 없습니다. 변호 비용은 다 받는 거니까요."

물론 이양식에게 받는 건 아니다. 그는 명확하게 피해를 입은 사람이기에 대룡에서 만든 재단법인으로부터 대신 받을 것이다.

공은 공이고 사는 사니까.

"아닙니다. 그래도…… 흑흑……."

다른 변호사들은 1심에서 졌다는 이유로 엄청나게 비용을 높여서 불렀다. 그래서 따로 고용하기에는 돈이 없지만 그렇다고 다시 국선변호인을 사기에는 걱정이 많은 상황이었는데 노형진이 나타난 것이다.

"그런데 이거 쉬울까요?"

민시아 변호사는 입맛을 다시면서 다시 한 번 기록을 확인했다. 정식으로 사건 기록을 확인할수록 수사 기록이 너무 날림으로 작성되었다는 것을 느낄 수 있었던 것이다.

"아무래도 경찰에서 이런 사건을 제대로 수사하기는 좀 힘들지요."

제대로 수사해서 넘겨주면 좋겠지만 경찰은 거의 대부분 정당방위에 대해서는 거의 생각도 하지 않고 수사하는 편이다. 그러다 보니 기록 자체가 허술한 경우가 많다.

"이번에는 심리전이나 언플이 아니라 과학적으로 싸워야 할 것 같군요."

"과학적으로요?"

"네, 언플을 하기에는 위험한 사건이니까요."

아무리 이쪽에 정당성이 있다고 해도 범인은 혼수상태에 빠져 있다. 따라서 저쪽이 더 심각한 피해를 입어 여론이 갈릴 가능성이 높으니 언플은 자제하는 편이 좋다.

"더군다나 수사 자체가 여기저기 허점이 많아요. 특히나 상황에 대해서는 수사관의 개인적 의견투성이입니다."

정확한 현장의 분석도 없이 '이럴 것이다.', '그럴 것 같다.'와 같은 수사관의 의견으로 점철된 내용들. 그리고 그걸 검증도 없이 받아들여서 다짜고짜 과잉 방어라는 이유로 처벌하는 법원.

"제대로 준비할 시간도 없군요."

1심에서 판결이 난 내용이고 항고했다고 하지만, 2심이 코앞이라 여러 가지로 준비할 시간이 부족했다.

"그래서 미드로 공부해야 하는 겁니다."

"미드?"

"그런 게 있습니다."

노형진은 미소를 지으면서 법원을 바라보았다.

'CIS 시리즈에 통달한 자의 위력을 보여 주마.'

형사재판을 하기 위해서는 여러 가지 증거들이 필요하다. 하지만 노형진이 가진 대부분의 증거는 경찰이 조사한 증거라 대부분 검사에게 유리한 형태로 되어 있었다.

⚖

"친애하는 재판장님, 기존의 증거에서도 보다시피 피고인은 도주하기 위해서 입구로 달아나는 피해자에게 위험물인 빨래 걸이를 휘둘러 심각한 신체적인 상해를 입혔습니다. 칼을 놓친 상황에서 모든 위험이 사라진 것이라 볼 수 있음에도 피고인은 과도한 형태로 폭력을 행사하여 상대방에게 치명적인 피해를 입힌 결과 피고인에게 심장마비가 왔으니, 현재 혼수상태인 점을 감안하여 엄벌에 처하는 것이 마땅하다고 봅니다."

1심과 다를 바 없는 검찰 측의 주장. 노형진은 그런 검찰의 주장을 그저 듣고만 있었다.

"피고인 측, 할 말 있습니까?"

판사는 시큰둥하게 말을 꺼냈다. 이미 검사에게 심적으로 동조하고 있다는 게 드러나는 상황.

"재판장님, 검사 측은 이번 사건에서 과잉 방어를 주장하고 있습니다. 하지만 이번 사건의 기본적인 내용을 보면 수사 단계에서부터 과학적으로 불가능한 오류가 여기저기서 발견되고 있습니다."

"과학적 오류?"

"그렇습니다."

노형진은 증거로 제출된 사진을 들고 앞으로 나왔다.

"검찰 측에서 갑제 3호증으로 제시한 사진을 봐 주시기 바랍니다. 이곳은 피고인이 평소 생활하던 곳으로, 이번 사건의 현장입니다. 그리고 이 사진은 그 당시 경찰이 바로 찍은 것으로, 현장이 훼손되지 않은 것이 분명한 상황입니다. 검찰 측, 인정합니까?"

자신의 증거를 들이밀자 검사는 고개를 갸웃했다. 보통은 반박하는 증거를 들이미는데 도리어 자신들의 증거를 제시하다니?

"맞습니다. 현장에 도착한 경찰이 바로 찍은 사진입니다."

"그럼 한 가지 실험을 해 보겠습니다. 이 집의 공간은 총 10평 정도입니다. 방이 총 3평, 주방과 화장실 그리고 베란다라고 할 수 있는 부분을 빼고 나면 마루라 할 수 있는 공간은 대략 4평 수준입니다. 검찰 측은 이곳에서 피고인이 빨래 걸이를 휘둘러서 심대한 타격을 입혔다고 주장하고 있습니다. 맞습니까?"

"인정합니다."

"저희는 이 부분을 확인하기 위하여 대학 연구실의 도움을 얻어서 동종의 알루미늄 빨래 걸이의 위험도를 실험해 봤습니다. 이를 을제 1호증으로 제출하였으니 확인하여 주시기 바랍니다."

노형진은 노트북으로 동영상을 재생시켰다.

"저기 서 있는 장비는 타격을 측정하는 장비입니다. 저기 서 있는 사람은 해당 대학의 학생으로, 피고인 측과 동일한 체격 조건을 가진 사람입니다."

동영상에 등장한 사람은 대화를 나누는 듯하더니 고개를 끄덕거리고는 빨래 걸이를 전력을 다해서 옆으로 휘둘렀다. 그러자 퍽 소리가 나면서 장비가 흔들리고 잠시 후 120킬로

그램이라는 수치가 나타났다.

"보다시피 동일한 조건의 사람이 전력을 다해서 공격할 경우, 120킬로그램의 수치가 나타난답니다."

"그 정도면 사람을 충분히 상해할 수 있는 수준입니다."

검사는 고개를 끄덕거렸다. 그 정도도 생각하지 못한 게 아니라는 듯이 말이다.

"맞습니다. 하지만 그건 일반적인 실험실의 수치입니다. 다음 동영상을 보시면……."

화면이 바뀌면서 나타나는 장면. 그곳은 피해자의 집이었다. 그리고 아까 그 남자, 즉 실험자가 그곳에 서 있었다. 이번에도 그는 고개를 끄덕거리더니 전력을 다해서 빨래 걸이를 휘둘렀다.

와장창!

그러나 아까와는 다른 시끄러운 소리가 먼저 터져 나왔다.

"어?"

영상에 보이는 화면은 빨래 걸이가 주변을 스치고 지나가면서 여러 가지 집기들과 부딪치는 것을 보여 주었다. 싱크대에 걸린 냄비나 집기들, 기타 잡다한 물건들.

그런 것들에 걸린 빨래 걸이의 속도가 급속도로 줄어들더니 최고 속력이 40킬로그램이 나왔다.

"보다시피 현실에서는 저 안에서 위협적인 속력이 나올 수가 없습니다."

"윽!"

그저 실험실의 수치만 계산했을 뿐이지, 주변에 있던 물건을 확인하지 못한 검사는 당황했다.

"이 공간은 협소합니다. 인간이 다른 인간에게 치명적인 피해를 주기 위해서는 말 그대로 전력을 다해서 휘둘러야 합니다. 그럼에도 불구하고 집 안에 있는 여러 사물들 때문에 그 속력은 급속도로 감속되어 40킬로그램 정도의 타격 수치를 보여 주고 있습니다. 일반적으로 40킬로그램이라는 수치는 사람에게 치명적인 타격을 줄 수 있을 수치가 아닙니다."

"……."

그저 실험실 결과만 가지고 나왔던 검사는 할 말을 잊어버렸다.

"더군다나 검사 측은 방금 전 제출한 사진을 현장이 훼손되지 않은 상황에서 바로 찍었다고 인정했습니다. 자, 이 좁은 공간에서 기다란 빨래 걸이를 전력으로 휘두르기 위해서는 영상에서 보셨다시피 그릇을 비롯한 여러 가지 집기들에 불가피하게 타격을 주어야 합니다. 하지만 이 사진을 보십시오. 모든 집기들이 자기 자리에 온전히 있습니다."

"재판장님! 이런 것은 타격자가 어떤 위치에 있는지에 따라서 바뀔 수 있습니다."

검사는 재빨리 방어했다.

"맞습니다. 타격자가 어떤 위치에 있느냐에 따라서 바뀔 수도 있습니다. 하지만 불법 침입을 한 피해자의 위치가 고정된 상황에서 피고인이 선택할 수 있는 자리는 그다지 많지 않습니다."

동영상은 계속 재생되었고, 실험하는 남자는 이런저런 자리를 옮겨 가면서 타격을 실험했다. 그 결과는 둘 중 하나였다.

어떤 식으로든 집 안의 세간을 건드려서 형태가 바뀌든가, 아니면 도무지 각도가 나오지 않아 인간에게 치명적인 피해를 주지 못하든가.

"검찰은 공소장에서 분명 빨래 걸이를 휘둘러서 타격을 입혔다고 했습니다. 하지만 저 사진 속의 어떤 공간에서도 빨래 걸이를 휘두를 만한 공간은 나오지 않습니다."

몇 번이나 실행된 실험이었지만 아무리 봐도 원하는 조건이 갖춰지는 자리가 없었다.

'빨래 걸이가 위험물이냐 아니냐를 아무리 설득해 봐야 의미가 없지.'

일반인들은 고작 빨래 걸이가 위험한 것이냐고 주장하겠지만 노형진의 입장에서는 그보다 더 가벼운 물건으로도 사람을 죽일 수 있다는 걸 알고 있었다. 그런데 그건 판사도 마찬가지이니 일반적인 상식으로 설득해 봐야 의미가 없다.

"피고인이 빨래 걸이를 휘두르기 위한 공간이 없는 상황에서 그걸 휘둘러서 피해자에게 심대한 타격을 입혔다는 검찰의 주장은 과학적으로 불가능한 상황인 것입니다."

"음……."

판사는 증거로 제출된 동영상을 이리저리 돌려 봤다. 진짜로 인간이 서 있을 만한 여러 자리에서 여러 차례 공격했지만 사진에 나와 있는 물건들을 건들지 않고 타격하는 것은 불가능에 가까웠다.

"증거가 훼손될 수도 있는 겁니다."

검사는 궁색하게 변명했다.

"그럼 누가 훼손한다는 겁니까?"

"그거야…… 피고인이 했겠지요."

"피고인이 훼손했다는 증거는 있습니까?"

"……."

있을 리가 없다. 이 골목에는 카메라도, 증인도 없다.

"하지만 심적으로는……."

"심적으로 말하면 훼손하지 않을 수도 있다는 걸 왜 부정하십니까? 그리고 상황이 부정확한 경우 증거의 해석이 피고인에게 유리하게 해야 한다는 점을 모르시지는 않을 텐데요."

가장 기본적인 규칙. 어떤 상황이 불확실할 경우 모든 증거는 피고인에게 유리하게 해석한다, 그것이 재판의 불문율이다.

"그리고 이 부분을 봐 주시기 바랍니다."

노형진은 사진에서 어떤 부분을 가리켰다. 사진에 나와 있는 접시. 그건 누가 봐도 사기로 된 접시였다.

"실험에서는 플라스틱 접시로 대체하였지만 현장에 있던 접시는 사기로 된 접시였습니다. 튼튼한 본차이나도 아닌 흔한 사기 접시였습니다."

"그래서요?"

"동일한 위치에 있는 플라스틱 접시가 어찌 되었는지 봐 주시기 바랍니다."

다시 한 번 동영상을 재생하자 그곳에 있던 접시에 사람들의 시선이 향했다. 그리고 누가 봐도 플라스틱 접시는 빨래걸이에 맞아서 허공을 날아가고 있었다.

"즉, 검찰의 주장대로라면 이 사기로 된 접시는 박살이 나야 하는 위치입니다. 설마 피고인이 바깥으로 튀어나가서 누나를 대피시키고 다시 돌아와 내부를 청소하고 새 접시를 사서 교체했다고 말하지는 않겠지요?"

"……."

검사도 그 사실에는 뭐라고 할 수가 없었다. 말도 안 되는 행동이기 때문이다.

"더군다나 해당 접시의 생산자에게 확인한 결과, 해당 디자인은 벌써 3년 전에 단종된 디자인이라 이제는 시중에서 구할 수가 없다는 답변서를 받았습니다. 이 답변서를 증거로 제출합니다."

이에 따르면 나중에 가서 정리했다는 건 불가능한 일이 되어 버린다.

"해당 부분을 참고하여 공소장을 변경하도록 하겠습니다."

결국 검사는 자신의 실수를 인정할 수밖에 없었다. 국과수로부터 받은 빨래 걸이를 휘둘러서 충분한 타격을 입힐 수 있다는 답변서와는 달리, 현실에서는 불가능해 보였던 것이다.

"두 번째로, 피고인은 피해자가 도망가는 순간 가격하였다는 부분이 있습니다. 하지만 일반적인 도주 패턴에 따르면 그것은 불가능합니다."

"일반적인 도주 패턴?"

"일단 도주라는 것은 상대방에게서 거리를 두는 행동을 말합니다. 해당 대학교에서 어떠한 사전 통보도 없이 일반적인 사람들의 행동 패턴을 알아보기 위해서 지나가는 남학생들에게 실험을 부탁했습니다."

동영상을 틀자 운동장에 그려진 작은 공간이 나타났다.

그 집과 같은 크기의 선. 가운데 서 있는 실험자를 제외한 다른 사람들은 지나가는 남학생들에게 랜덤하게 부탁하는 게 보였다.

"보다시피 대략 80%의 학생들이 도주하기 위해서 입구를 막고 있는 실험자의 눈치를 보면서 옆으로 빠져나갈 구멍을 찾고 있습니다."

순간 틈이 보인다고 생각하자 재빨리 튀어나가는 피실험자들. 그러나 미리 준비하고 있던 대상자는 그를 잡아서 옆으로 밀어 버렸다.

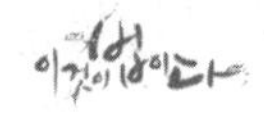

"80%라는 건 20%는 그렇지 않았다는 소리 아닙니까?"

검사가 항의했다. 물론 맞는 말이다. 하지만 그건 그가 그 본질을 보지 못했다는 뜻이다.

"맞습니다. 피실험자 중 20%는 옆으로 돌아가는 게 아니라 정면으로 달려들었습니다. 저희는 그분들을 붙잡고 그런 선택을 한 이유를 물어봤습니다. 그런데 공통적인 대답이 나오더군요. 상대방을 제압하고 돌파하려고 했다. 즉, 나머지 20%는 상대방에 대하여 공격 행위를 하겠다는 확실한 목적이 있었다는 것입니다."

"끄응……."

"그뿐만이 아닙니다. 첫 번째 실험 현장의 저항한 후에 쓰러지는 지점을 봐 주십시오. 피고인 역의 실험자의 좌측 전방, 즉 실제 피고인의 누나가 있는 곳입니다. 피고인은 분명 사건이 끝나자마자 누나를 탈출하고자 했습니다. 만일 이런 형태라면 그게 불가능합니다."

뒤로 쓰러지면서 누나에게 다가가는 길이 막혀 버리는 것이다.

"하지만 피해자는 쓰러진 상태이다 보니……."

"그 상황에서 피해자의 상태를 확인할 정신이 있다고 보기는 힘듭니다. 게다가 피해자가 쓰러진 위치는 이곳입니다. 그런데 피고인의 주장대로 피해자를 견제하기 위해 빨래 걸이로 민 거라면 정확히 이 위치에 넘어지게 됩니다. 이렇게 되면 누나에게 가는 길이 바로 확보되니 바로 누나를 데리고 도망갈 수 있게 됩니다."

"……."

좁은 공간에 쓰러질 수 있는 공간은 한정되어 있다.

"설마 나중에 피고인이 와서 저 자리로 피해자를 밀었다는 말씀을 하시려는 건 아니겠지요?"

그건 애초에 불가능하다는 게 드러난 상황이다.

"즉, 정황적으로 이 상황에 가까운 것은 도망가는 피해자를 피고인이 공격하여 쓰러트린 것이 아니라 달려드는 피해자를 피고인이 빨래 걸이로 견제하던 도중에 피해자가 쓰러졌을 가능성이 가장 높습니다."

그렇다면 그건 공격이라 할 수 없다. 공격이 없다면 당연히 범죄는 성립하지 않는다.

"재판장님, 그렇다 하더라도 결과적으로 피해자가 쓰러지면서 실질적으로 혼수상태에 빠진 것은 부정할 수 없는 것입니다. 칼을 놓친 상태에서부터 일단 저항 능력이 떨어진 상황에서 피고인은 안전을 확보한 것이므로 그가 가도록 놔줬어야 합니다."

'말이 되는 소리를 해라.'

자기 집에 무단으로 침입한 피해자, 즉 범인이 일단 저항 능력을 잃어버렸으니 놔줘야 한다는 것은 살다 살다 처음 듣는 말이다.

"헌법 12조 그리고 형사소송법 212조에 따르면 다르던데요. '헌법 12조 3항, 체포 · 구속 · 압수, 또는 수색을 할 때에는 적법한 절차에 따라 검사의 신청에 의하여 법관이 발부한 영장을 제시하여야 한다. 다만, 현행범인 경우와 장기 3년 이상의 형에 해당하는 죄를 범하고 도피, 또는 증거인멸의 염려가 있을 때에는 사후에 영장을 청구할 수 있다.'라고 명시되어 있으며 형사소송법 212조에는 '현행범은 누구든지 영장 없이 체포할 수 있다.'라고 되어 있습니다. 자신의 집에 불법으로 침입하여 자신의 누이를 협박하는 사건에서 이미 현행범임이 분명한 상황이니 현행법상 범인을 제압하여 경찰에 넘길 수 있는 일종의 권한이 피고인에게 생긴 것입니다. 그 상황에서 피해자가 범죄를 면탈하기 위하여 저항할 것이 명확한데 어떻게 둘 사이의 폭력 행위가 동반되지 않을 수가 있습니까? 요즘 범인들은 경찰이 다가오면 알아서 수갑을 차나 봅니다?"

"크윽."

현행법에 명확하게 근거가 있는 조항이었기에 검사는 할 말을 잃었다.

"가령 제3자가 탈출하는 범인을 발견하여 범죄 사실을 인식하고 체포를 시도하였다면 어떻게 되었을까요? 현행법상 현행범의 체포는 불법이 아니기 때문에 문제가 되지 않았을 것입니다. 그런데 피고인의 경우 당사자라는 이유로 과잉 방어로 규정되는 것은 도리어 불이익을 당하는 것이라고 생각하지 않습니까?"

"하지만 결과적으로 피해자에 대한 상해가 발생한 것은 사실입니다."

검사는 결과론으로 접근하기 시작했다. 어찌 되었건 결과론적으로 피해자가 혼수상태에 빠진 것은 확실하기 때문이다.

"그 부분에 대해서는 피고인 측 변호인이 조사 중입니다. 하지만 워낙 급하게 선임되어 제대로 된 조사가 선행되지 않았으니 기일을 추가로 잡아 주시기 바랍니다."

마음 같아서는 당장 반박하고 싶었지만 워낙 급하게 사건이 들어온 터라 과학적인 증거 몇 개만을 발견했을 뿐이다.

"좋습니다. 추가적인 조사를 위해서 다음 기일을 잡겠습니다."

그 부분에 대해서는 판사도 인정했다. 고작 이틀 동안 완벽하게 준비하는 것은 어렵기 때문이다.

"이 살인자!"

"양심이 있으면 살인자를 보호할 수는 없다!"

피해자, 즉 쓰러진 범인의 병원에 찾아가자 그의 가족들은 노형진을 마치 살인범인 양 취급했다. 노형진은 그걸 보고 혀를 끌끌 찼다.

'장난하나?'

범인이 칼을 들고 가서 위협한 것은 사실이다. 그런데 자기 가족의 잘못은 생각하지 않고 자신들만 억울하단다.

'하긴. 범인이 범인인 데에는 다 이유가 있더라.'

그들을 무시하고 안으로 들어간 노형진은 의사를 만나서 자세한 이야기를 들을 수 있었다.

"심장마비로 인한 혼수상태라고요?"

"그렇습니다."

"흠……."

노형진은 이상하다는 생각이 들었다.

'상해는 아니야. 기억에서 보면 그저 밀어냈지, 공격하지는 않았어. 그런데 왜 심장마비가 온 걸까?'

아무리 생각해도 이유를 알 수가 없었다.

"혹시 피해자가 평소 심장병을 앓고 있나요?"

"아닙니다. 그런 기록은 없네요."

'이상한데.'

아무리 봐도 그가 쓰러질 이유가 없었다.

'쓰러진 이유를 알아야 하는데…….'

그러지 못하면 공격으로 쓰러졌다는 얼토당토않은 이유로 처벌받을 가능성이 높다.

'그러고 보니…… 그 칼…… 이상했어.'

분명 기억을 읽을 때 봤던 칼. 그건 아무리 봐도 이상했다.

보통 범죄를 저지를 때는 흔히 구할 수 있는 칼을 쓰기 마련이다. 그런데 그 칼은 일반적인 과도나 부엌칼이 아니었다.

'쩝! 기억을 읽을 수 있으면 좋겠지만.'

아무리 봐도 피해자 측 가족들이 자신을 피해자에게 접근시킬 것 같지는 않았다. 결국 차선책은 칼에서 정보를 얻는 것.

"민 변호사님, 혹시 증거가 어디 있는지 아십니까?"

"아무래도 경찰에 있겠지요."

"경찰요?"

"네."

"아니, 왜요?"

"주거침입이 성립하기는 하는데 피해자가 혼수상태라 사건이 종결된 건 아니니까요."

"이런."

웃긴 일이다. 피해자가 저지른 범죄에 대해서는 아직 조사하지도 않았다는 뜻이다.

"일단 그쪽으로 갑시다."

"그쪽에 가서 뭘 확인하시려구요? 이번 사건에 관련된 건 없는 것 같은데요?"

"그냥…… 걸리는 게 있어서 그럽니다."

노형진은 그걸 다시금 확인하고 싶었다.

"역시."

열람 신청을 해서 본 피해자의 칼은 역시나 특이했다.

"이건 뭔가요?"

"군용 대검입니다."

기억 속에서는 너무 순간적으로 지나간 거라 확인하지 못했지만 가까이 보니 알 수 있었다. 이건 군용 대검이었다.

"군용 대검? 설마 피해자가 군인이라는 건가요?"

"아니요. 이런 형태의 칼은 다른 곳에서도 구할 수 있습니다. 하지만 일반적으로 쓸 수 있는 형태는 아니죠."

군용 대검이라는 것 자체가 애초에 사람을 죽이기 위해서 만들어진 무기이기에 일반적인 상황에서 쓰기에는 불편하다.

"그런데 이 칼은 우리와 상관없지 않나요?"

"있습니다."

"왜요?"

"아무래도 이 녀석, 초범은 아닌 것 같아서요."

"초범이 아니다?"

"네, 칼도 그렇고 행동도 그렇고."

"행동?"

"아…… 그런 게 있습니다."

민시아는 노형진이 기억을 읽을 수 있다는 사실을 모르니 행동에 대해서는 알지 못할 것이다.

'행동을 봐서는 뭔가 있어.'

노형진은 칼의 기억을 읽고 싶었지만 그럴 수가 없었다.

오염을 방지하기 위해 봉투 안에 들어 있었기 때문이다.

'잠깐, 이걸 꺼낼 필요는 없지 않을까?'

어차피 기억을 읽기 위해서는 아주 작은 접촉만 있으면 된다. 제대로 잡으려면 꺼내는 게 맞지만 그러지 못한다면 살짝 구멍을 내도 될 것이다.

"민 변호사."

"네?"

"가서 담당 경찰관 좀 데리고 와 줄래요?"

"담당 경찰관요?"

"네."

"알겠습니다."

민 변호사가 바깥으로 나가자, 노형진은 안쪽을 찍고 있는 카메라를 슬쩍 몸으로 가리고는 열쇠를 이용해서 구석에 아주 미세하게 구멍을 뚫었다.

아주 작은 구멍이라 손가락의 가장 끝부분의 일부만 닿는 크기였지만 그 정도면 충분했다.

'도대체 무슨 짓을 하고 다닌 거냐?'

그는 그곳에 손을 대고 눈을 감았다. 그리고 얼마 지나지 않아서 눈을 찌푸렸다. 그가 무슨 짓을 하고 다닌 건지 그 칼에서 읽어 낸 것이다.

'어쩐지 이상하다 했어.'

훔칠 것도 없는 가난한 집에 강도질을 하러 들어간 게 이상하다 했다. 하지만 기억을 읽어 보니 그의 목적은 강도질이 아니었다.

'강간범이었던 건가?'

강간범. 그것도 아주 지능적인 강간범이었다. 경찰의 추적을 피하기 위해 항상 엉뚱한 장소에서 범죄를 저지르는 유형이었던 것이다.

'하긴…… 일반적인 칼보다는 훨씬 위협적이기는 하지.'

애초에 일반적인 칼보다 사람을 죽이기 위해서 만든 군용 대검이 더 위협적일 수밖에 없다.

"무슨 일입니까?"

그 순간 안으로 들어오는 남자. 담당 수사관이었다.

노형진은 슬쩍 손을 떼면서 그를 바라보았다.

"별건 아니고요. 여기 구멍이 나서요."

"구멍요?"

깜짝 놀란 그는 황급하게 봉투를 보다가 안도의 한숨을 내쉬었다.

"아…… 구멍이라고 해서 깜짝 놀랐네요."

"왜요?"

"아무래도 저장하다 보면 이런 경우가 종종 있습니다."

여기저기 부딪치면서 봉투가 닳아서 구멍이 나는 경우가 있는데, 크기로 미루어 볼 때 그런 것으로 보였다.

"뭐, 별거 아닙니다. 사유서 쓰고 새로 넣으면 됩니다."

"이 정도는 상관없나요?"

"이 정도로 오염될 이유가 없으니까요."

"네."

노형진은 슬쩍 모른 척하고는 고개를 돌렸다.

"군용 대검을 이용한 강간 사건을 찾아봤습니다."

노형진은 오자마자 고문학에게 부탁해서 전국 경찰서의 미해결 사건 중에 군용 대검이 등장한 사건을 찾아봐 달라고 했다.

그리고 얼마 후 고문학이 찾아왔다.

"전국에 몇 건 있더군요."

"강원도에서 2건, 전라도에서 2건, 충북에서 3건…… 전남에서 2건."

"교묘한 놈입니다. 전국을 돌아다니면서 사건을 일으켰어요. 일반적인 경우라면 연쇄 강간범이라는 것도 몰랐을 겁니다. 어떻게 아신 겁니까?"

"그냥 한번 쓰려고 그런 걸 살 것 같지는 않아서요."

"그렇군요."

별 의심 없이 넘어가는 고문학. 하긴 그에게는 노형진의 이런 능력이 뛰어난 통찰력으로 보일 것이다.

"일단 이걸 증거로 삼을 수 있겠군요."

"증거로 삼을 수는 있겠지만 필요한 건 아니네요."

현재 중요한 정보는 피해자가 심장마비로 쓰러진 이유이지, 그가 연쇄 강도강간범이라는 것이 아니다. 감형 사유는 될지언정 풀려날 사유가 되는 것은 아니기 때문이다.

"이유가 있을 것 같은데……."

단순히 놀라서 쓰러진다? 말도 안 된다.

당장 드러난 것만 해도 열 번이 넘게 강도 강간을 해 본 녀석이다. 그런 녀석이 누군가를 만났다고 놀라서 쓰러질 이유가 없다.

"아…… 썅…… 제일 중요한 건데……."

그에게 심장마비가 온 이유가 무엇인지 모른다. 하지만 그걸 해결하기 전에는 이양식이 풀려나지 못할 것이다. 아무리 봐도 판사가 정당방위를 인정할 것 같지는 않았던 탓이다.

'도대체 왜…… 왜…….'

늦은 밤.

그의 기록을 보던 노형진은 피곤함에 얼굴을 문질렀다.

"가서 세수라도 하고 오자."

자리에서 일어나서 화장실로 간 노형진은 세수하고는 거

울을 바라보았다.
붉어진 눈. 피곤한 얼굴.
"요즘 내가 무리하나."
하긴 요 근래에 피곤했으니 한번 쉴 때가 되기는 했다.
"일단 이번 사건이 끝나면 무조건 쉰다."
쉬는 것도 일하는 것만큼이나 중요하다.
"그렇지만 일단은 해결해야 말이지."
노형진은 한숨을 푹 쉬면서 화장실 바깥으로 나가려고 했다. 그 순간 노형진의 눈에 들어온 한 장의 명함.
아니, 명함이라고 보기에는 이상한 내용의 전단지였다. 명함 크기의 지라시랄까?
"하여간 별 쓰레기 같은 게……."
개방된 건물이다 보니 이런 걸 들고 다니는 사람이 몰래 들어와서 뿌리고 간다.
무심결에 그걸 집어서 쓰레기통에 넣으려던 그는 순간 멈칫했다.
'그러고 보니…….'
아주 오래전에 뉴스에서 본, 이제는 가물가물한 기억.
'어쩌면…….'
어쩌면 원인을 찾을 수 있을지도 모른다.
아니, 가능성이 높다. 피해자의 나이를 봐서는 더더욱 말이다.

⚖

"사건을 진행해야 합니다."

노형진은 마음이 다급했다. 명확한 증거가 나왔는데 그걸 찾을 수가 없었던 것이다.

"당사자가 혼수상태인데 무슨 수로 사건을 진행합니까?"

피해자의 주거침입을 담당하고 있는 검사는 짜증스럽게 선을 그었다. 피해자에 대해서 조사하고 싶어도 그가 혼수상태라는 것.

"그래도 해야 합니다. 하다못해 증거라도 찾아야 합니다."

"일단 일어나면 이야기합시다."

그때까지 사건이 진행되지 않는다면 처벌을 피할 수가 없다. 노형진이 봤을 때 재판부는 아무리 봐도 정당방위를 인정하지 않으려는 것이 확실했다.

"그 피해자들이 이 사실을 안다면 과연 뭐라고 할까요?"

결국 노형진은 최후의 카드를 내밀었다. 불법적으로 얻은 정보이니만큼 공개하는 건 좋은 선택이 아니기는 하지만, 그렇다고 자신의 의뢰인이 처벌받는 걸 두고 볼 수는 없었기 때문이다.

"피해자들?"

"그렇습니다. 제가 좀 알아보니까 동종 전과로 의심되는 사건이 좀 있던데요."

"뭐라고요!"

검사는 깜짝 놀랐다. 동종 전과로 의심되는 사건이 더 있다는 건 상습범이라는 소리이다.

"하지만……."

"유전자 검사는 해 봤습니까?"

"……."

말을 하지 못하는 검사. 그걸 본 노형진은 얼굴을 찌푸렸다.

'역시나.'

그가 혼수상태라는 이유 하나만으로 어떠한 조사도 하지 않은 채로 차일피일 미루기만 했다는 뜻이다.

"보아하니 제대로 수사하지도 않은 것 같은데, 이거 정식으로 제소해도 되는 거죠?"

"크흠, 정당방위로 만드는 건 좋지만 제소까지는 좀……."

사건을 쥐고 있는 검사가 제대로 수사하지 않아서 형량이 뒤집히는 경우 제소할 수도 있다. 물론 안쪽으로 심하게 굽어 있는 법률계의 구조상 제대로 된 처벌은 못 하겠지만 최소한 승진에 악영향은 줄 수 있다.

"거래하죠."

"거래?"

"관련 정보를 특정해서 주겠습니다. 대신에 일주일 안에 압수수색영장을 받아 주십시오."

"흠……."

검사는 잠시 고민했다.

"연쇄 사건에 대해서 인지수사하는 게 인사고과가 상당히 높다고 알고 있습니다만."

사실 한국에서는 구조상 연쇄살인, 연쇄 강간 같은 것을 인지하는 것이 쉽지 않다. 다른 사건에 대해서 열람을 막아 놨기 때문이다. 이를 반대로 말하면 그런 상황에서 확실하게 인지하여 수사한다면 인사고과가 갑절이 넘어간다는 뜻이다.

'거래라…….'

검사는 변호사들에게 일종의 정보책이 있다는 사실을 알고 있다. 그리고 그 덕분에 검사인 자신들보다 이런 사건의 인지가 빠른 경우가 있다는 사실도.

"대신에 공은 넘기는 겁니다."

"그렇지요. 제가 그걸 가지고 있어 봐야 무슨 의미가 있겠습니까?"

검사의 말에 노형진은 씩 웃었다.

"수색영장입니다!"

피해자, 즉 범인의 집. 그곳에 들이닥친 경찰관들.

범인의 가족들이 발악적으로 소리를 질렀다.

"이게 무슨 짓이야!"

"아이고! 억울해! 억울해! 경찰이 사람 잡네!"

노형진은 바닥에 나뒹굴면서 억울하다고 소리 지르는 여자를 무시하고 안으로 들어갔다.

'억울하기는 개뿔.'

가정교육이 중요하다는 말이 있다. 범인이 멀쩡하게 자라다가 갑자기 범죄를 저지르는 경우도 있기는 하지만 대부분의 경우 말 그대로 바늘 도둑이 소도둑이 되는 경우가 많다.

즉, 저 사람은 억울하다고 외치면서 발악하지만 실제로 범인을 그렇게 키운 것은 그녀 자신인 것이다.

"검사님!"

방을 여기저기 뒤지던 경찰 한 명이 검사를 불렀다.

"역시!"

책상 서랍의 안쪽. 그 안에 붙어 있는 작은 통에서는 고무줄에 묶여 있는 몇 개의 머리카락이 나왔다.

"몇 개야?"

"스물한 개입니다."

"스물한 개? 그렇게나 많아?"

"강간 사건의 신고율을 생각하면 그렇지요."

노형진이 알아낸 사건만 열 개다. 그런데 강간 사건의 경우, 의외로 신고율이 낮다. 피해자가 다시 찾아와서 해를 끼칠지도 모른다는 두려움도 있지만, 한국 정부 자체가 강간 사건에 대해서 무척이나 관대한 처벌을 한다는 것도 그 이유

중 하나다.

'심지어 합의를 종용하기도 하지.'

경찰들이 강간 피해자에게 '이대로 가 봐야 집행유예.'라는 말도 안 되는 사실을 주입하면서 합의하에 강간한 것으로 강제로 유도하는 경우가 제법 많다. 물론 그 이유는 뇌물인 경우가 대다수다.

"스물한 개라. 이거…… 여죄를 추궁해야겠지만."

검사는 그걸 보고 발을 동동 굴렀다. 이걸 제대로 털어 내면 엄청난 승진 고과가 나온다. 21건의 연쇄 강간범이니 말이다. 그런데 정작 그 범인은 혼수상태.

'어디냐.'

노형진은 그런 검사의 마음에는 상관도 없이 주변을 둘러보고 있었다. 하지만 마음대로 열어 볼 수가 없어서 갑갑하기만 했다.

'어디냐…….'

나이가 쉰이 넘도록 전국을 떠돌면서 일용직으로 일한 범인. 당연히 결혼도 못했다. 그 결과, 계획적인 건지, 우연인 건지는 모르겠지만 떠돌아다니면서 강간을 일삼아 그 덕분에 수사 선상에서 벗어나 있었다.

문제는 그건 범인의 형량이 늘어나는 행동일 뿐이지, 의뢰인의 상황에는 그다지 도움이 되지 않는다는 것이다. 그의 범죄행위가 인정된다고 해도 결국 싸움이 있었고 혼수상태에 빠뜨렸다는 사실은 바뀌지 않기 때문이다.

"저기! 여기 좀 열어 봐 주시겠습니까?"

"네?"

경찰은 시큰둥하게 그를 바라보았다. 가장 중요한 증거가 나왔기 때문에 더 이상 수색할 필요도 없는 상황이다. 그런데 노형진이 장롱의 서랍을 열어 달라고 한 것이다.

'검사님이 참관을 허락하기는 했지만…….'

"해 드려."

경찰이 어떻게 하느냐는 표정으로 물끄러미 쳐다보자 검사는 고개를 끄덕거렸다. 덕분에 엄청나게 큰 건을 잡았는데 몇 분 정도는 도와줘도 상관이 없을 듯했다.

"속옷 서랍이군요."

"그럼 이 서랍도 좀 열어 주십시오."

"뭘 찾으시는데요?"

"그게…… 보면 알 것 같습니다."

"거참."

결국 주요 증거가 나왔음에도 불구하고 여기저기를 수색하는 경찰들.

노형진은 고개를 갸웃했다.

'어째서지?'

서랍에 없다. 그럼 자신이 잘못 안 것일까?

'그럴 수도 있지만.'

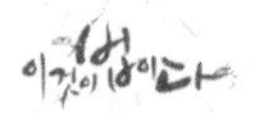

하지만 행동이나 기록을 봐서는 그럴 리가 없다.
"아무것도 없는데요."
노형진은 장롱 서랍을 바라보다가 문득 혹시나 하는 생각이 들었다.
"잠시만요."
바닥에 엎드려서 플래시로 서랍 안쪽을 여기저기 비추는 노형진. 원래 서랍은 장롱에 딱 맞게 만들어지지 않으니 뒤쪽에 어느 정도의 공간이 있기 마련이다.
아니나 다를까.
"저기에 뭔가 있네요."
"뭐가 있다고? 어, 정말이네?"
수사관이 엉거주춤 엎드려서 그곳에 손을 뻗자, 잠시 후 검은색 절연테이프로 감긴 작은 통 하나가 나왔다.
"이야, 새끼 봐라. 완전 지능적이네."
컴컴한 장롱 안쪽에 검은색 절연테이프로 감아 놨으니 그게 제대로 보일 리가 없다. 따로 플래시로 비추며 찾기 전에는 보이지 않는 위치였다.
"뭡니까?"
그 말에 수사관이 까드득 소리와 함께 뚜껑을 열었다. 그리고 그걸 확인한 노형진의 얼굴에는 승리의 미소가 떠올랐다.

또 다른 이유

"친애하는 재판장님, 피해자는 수사 기록에서 보다시피 최소 21건의 강도 강간 사건의 범인이었습니다."

재판의 분위기가 어느 정도 바뀌기는 했다. 상대방이 강도 강간범으로 아주 위험한 인물이라는 것이 드러났기 때문이다. 하지만 그건 형량이 깎일 수 있다는 뜻이지, 무죄가 나온다는 뜻은 아니었다.

'일단 집유 정도는 나올 것 같은데.'

하지만 그렇다고 해도 전과가 남는 것은 사실이다. 억울한 사람에게 전과를 남길 수는 없는 노릇.

"재판장님, 그렇다 해도 피고인 이양식이 중대한 상해를 일으켰다는 것은 여전히 벌어진 일입니다. 더군다나 사건이 일어난 당시에 이양식은 피해자가 주요 사건의 범죄자라는 사실을 모르고 있었습니다. 그럼에도 불구하고 피해자를 공격하여 심대한 타격을 입혔으며 이로 인하여 피해자가 혼수 상태에 빠진 점을 부정할 수 없습니다.”

끝까지 물어지는 검사를 보면서 노형진은 입맛이 썼다. 과거에도, 미래에도 바뀌지 않는 모습이기는 하지만.

‘그러고 싶냐?’

상대방이 약자일 경우 실적을 위해서 이를 악물고 달려드는 검사들. 그러나 상대방이 강자인 경우 조사는커녕 변호사가 대신 와서 몇 마디 하고 나면 그걸로 조사를 끝내는 경우가 많다.

오죽하면 상대방이 강자인 경우, 올 필요도 없이 서면조사라면서 몇 가지 질문지를 보내서 그에 답변하게 하는 식이다.

문제는 조사라는 것은 이야기를 듣고 그 허점을 발견하는 데에 의미가 있는데, 서면조사는 바로 대답하는 것도 아니거니와 서면조사의 답변서를 쓸 때 변호사와 함께한 상태에서 답변서를 작성하니 조사로써의 의미가 없다는 것이다.

“재판장님, 검찰 측은 현재 심장마비가 일종의 격투 행위로 인해서 발생했다고 주장하고 있습니다. 하지만 지난 재판에서도 보셨다시피 그 집 안에서는 어떠한 격투의 흔적도 발견하지 못했습니다. 도리어 피고인이 공격하는 피해자로부터 몸을 보호하기 위해 견제했다는 증거가 여기저기서 발견되고 있습니다."

"그렇다면 피해자가 어떻게 갑자기 심장마비로 쓰러진다는 겁니까? 평소 심장 관련 질병을 가지고 있지 않은 상황에서 심장마비로 쓰러진다는 것은 너무나 공교로운 상황 아닌가요?"

검사는 노형진에게 그거 말고 다른 이유가 있느냐는 식으로 비꼬았지만 그것이야말로 노형진이 노리는 것이었다.

"있습니다."

"있다고요?"

"그렇습니다. 을제 12호증을 이 자리에서 제출합니다."

노형진은 몇 장의 사진 뭉치를 검사와 판사에게 내밀었다.

"이게 뭡니까?"

그 사진 안에는 검은색 절연테이프로 둘둘 말린 작은 통이 있었다.

"비아그라입니다."

"비아그라?"

"정확하게는 짝퉁 비아그라입니다."

비아그라는 모 회사에서 나온 약이다. 정확하게는 발기부전 치료제로 개발되었지만 시중에는 정력제로 더 많이 알려져 있다.

"비아그라는 기본적으로 의료 약품으로, 병원의 처방전이 있어야 살 수 있습니다. 그리고 모든 비아그라는 개별 포장을 하지, 이런 식으로 한 통에 몇 알씩 들어가지 않습니다. 따라서 이 약은 요즘 시중에서 유통되고 있는 중국산, 즉 짝퉁 비아그라입니다."

생긴 게 비슷하지만 한 통에 반쯤 담겨 있는 비아그라들.

"이게 이번 사건과 어떤 관련이 있다는 겁니까? 중국산 약을 먹는 것이 문제가 될 수는 있지만 이번 사건과는 관련이 없습니다."

검사는 선을 딱 그었다. 하지만 노형진은 충분히 가능성이 있다고 보고 있었다.

"그 부분을 입증하기 위해 한민대학교 대학 병원 비뇨기과 의사인 서문진 씨를 증인으로 신청하는 바입니다."

"인정합니다. 서문진 씨는 나오셔서 증인 신청을 하시기 바랍니다."

그 말에 앞으로 나와서 증인 선서를 하고 올라가는 의사.

노형진은 그에게 다가가서 입을 열었다.

"증인, 비뇨기과에서 가장 많이 보는 의료 과목이 뭡니까?"

"요즘은…… 발기부전입니다. 예전에는 성병이 많았는데 요즘은 위생 개념도 발전한 데다가 콘돔 사용이 대중화되어서 생각보다 많지 않습니다."

"그럼 비아그라라는 약에 대해서 알고 있습니까?"

"알고 있습니다."

"설명 좀 부탁드립니다."

"비아그라의 주성분은 실데나필이라는 것으로, 심장 치료를 목적으로 개발되었습니다. 그런데 치료 과정에서 심장 치료보다는 발기부전에 탁월한 효과가 있다는 사실이 증명되어 개발사에서 노선을 변경하여 발기부전 치료제로 발매하였습니다. 하지만 기본적으로 심장병 치료를 위해서 개발된 약이기 때문에 일부 심장병 증상에 처방되고 있는 것도 사실입니다."

이 부분에 대해서는 주변에 많이 알려진 사실이다. 하지만 대부분의 사람들이 그 주성분인 실데나필이라는 성분에 대해서는 잘 모를 수밖에 없었다.

"그럼 짝퉁 비아그라는 어떤가요? 역시 동일한 성분입니까?"

"기본적으로 아예 짝퉁이 아니라면 동일한 성분이 들어갑니다."

"아예 짝퉁이 아니라는 게 무슨 뜻이죠?"

"모양만 베끼는 경우가 아니라는 뜻입니다."

"그 말인즉슨, 중국에서 만들어지는 수많은 가짜 비아그라 중 일부는 진짜로 효과가 있다는 것인가요?"

"그렇습니다."

실제로 방송에서 어떤 사람이 나눠 먹어도 된다고 했을 만큼 효과가 있기는 하다. 하지만 그것이 안전하다는 뜻은 결코 아니었다.

"그럼 그걸 사서 먹는 게 위험한 행동은 아니라는 뜻입니까?"

"아닙니다. 극도로 위험한 행동입니다."

"설명 부탁드립니다."

그 말에 서문진은 물로 입안을 적시고는 입을 마이크에 대고 천천히 말하기 시작했다.

"기본적으로 실데나필은 심장병 치료제로 개발되었습니다. 즉, 섭취하는 순간부터 어떤 식으로든 심장에 영향을 주게 되어 있습니다."

'그래, 이거지.'

생각지도 못한 발언에 검사는 당황했다. 그저 짝퉁 약 하나만 있다고 생각했을 뿐인데 심장에 충격을 준다니?

"자세한 설명 좀 부탁드립니다."

"아까도 말씀드렸다시피 실데나필은 심장병 치료제로 개발되었습니다. 당연히 심장에 작용합니다. 그 때문에 심장 질환 쪽 학과에서도 사용하고 있지요. 물론 짝퉁 비아그라 역시 그러한 실데나필을 합성하여 첨가하는 곳이 있는 것으로 알고 있습니다. 문제는 그 실데나필이 생각보다 부작용이 많은 편이라는 겁니다. 통계에 따르면 섭취자의 대략 2.5%가 가벼운 안면 홍조부터 알레르기까지 부작용을 겪었습니다."

"그럼 심장 관련 사고는요?"

"비아그라 관련 공식적으로 인정된 사고는 아홉 건입니다."

"비아그라 관련?"

"네."

"그럼 그 실데나필이 영향을 줬다는 건가요?"

"그럴 가능성이 높습니다. 그리고 문제는 그 실데나필의 양입니다. 중국산 비아그라가 위험한 이유는 진짜 비아그라처럼 정밀하게 만들어지는 게 아니라 대충 대량으로 만들어지는 성향이 강하다는 것입니다. 그러다 보니 실데나필의 성분이 정밀하게 조절되지 않고 마구잡이로 들어갑니다. 적으면 다행이지만 수십 배가 넘게 들어가면 심장에 큰 무리를 줍니다."

"큰 무리를 준다?"

"연구에 따르면 중국산 비아그라를 조사한 결과, 실데나필의 함량이 최소 세 배에서 많게는 서른 배까지 차이가 난다고 합니다."

"그 말은?"

"비아그라 서른 알을 한꺼번에 먹은 것과 같은 효과가 나타난다는 겁니다. 그리고 그건 상당히 위험한 상황을 유발합니다."

증인의 말이 끝나자 노형진은 검사와 판사. 그리고 관람석에 있는 사람들을 보면서 한 장의 종이를 꺼내 들었다.

"증언에서도 보다시피 중국산 비아그라는 분명 위험한 성분을 가지고 있습니다. 비아그라의 주성분인 실데나필이 심장에 무리를 주는 것은 확연하게 밝혀진 사실이고 과학적으로도 입증된 사항입니다. 공식적으로도 비아그라 정품을 먹고 아홉 명이 사망한 것이 집계되었습니다. 그런데 피해자는 결혼도 하지 못한 미혼이었습니다. 과연 중국산 비아그라를 뭐에 썼을까요?"

말이야 그렇게 했지만 여기 있는 사람 중 그 용도를 모르는 사람은 없었다. 더군다나 강간을 목적으로 온 나라를 돌아다닌 인간이 아닌가?

"그렇습니다. 피해자의 목적은 명확합니다."

"……."

"피고인 측에서는 증거로 압수된 비아그라를 검찰청의 협조를 얻어서 일부 성분 검사를 했습니다. 그 세 개의 실험에서 실데나필 성분을 확인해 본 결과, 제일 작은 것이 열두 배, 제일 강한 것이 스물여덟 배의 성분이 들어 있는 것으로 드러났습니다. 증인! 의사로서 이 정도의 실데나필을 섭취하는 것에 대해서 어떻게 생각하십니까?"

"극도로 위험한 행동입니다."

"만일 이런 고농도의 실데나필을 먹은 상태에서 범죄에 착수했으며 그 목적이 강간이었는데 그걸 강간을 실행하기 전 누군가에게 발각되어 싸움을 하게 되는 경우, 어떤 일이 일어날 수 있지요?"

그 말에 서문진은 잠시 고민하다가 마이크에 대고 입을 열었다.

"심장마비가 올 가능성이 무척이나 높아집니다."

"심장마비라고 하셨습니까?"

"그렇습니다. 의학적으로 심장병 치료제는 심장을 뛰게 만드는 성능이 있습니다. 그건 당연히 실데나필도 마찬가지입니다. 한데 범죄를 저지를 때는 긴장 상태가 되어 심장이 더욱 격렬하게 뛰고, 성관계를 할 때도 흥분으로 인해 심장이 격렬하게 뜁니다. 그러니 이런 두 상황이 중첩된 상태에서 누군가에게 발각되어 격투까지 하게 된다면 심장에 극도의 무리가 가는 것은 당연한 일입니다. 그렇게 된다면 심장마비가 발생할 확률이 아주 높습니다."

"그건 건강과는 상관이 없나요?"

"없습니다. 도리어 건강한 심장이 더 위험합니다. 약한 심장은 약효로 인해 건강하게 뛰는 정도지만 건강한 심장은 통제할 수 없이 빠르게 뛰게 됩니다. 그렇게 되면 어느 순간 심장박동 수가 흐트러지면서 심장이 멈추게 됩니다."

노형진이 원하는 답이 나왔다. 약물로 인한 심장마비.

'그럴 것 같았어.'

아무리 생각해도 기억 속의 이양식의 공격 행위들은 심장마비를 일으킬 수 있는 수준이 아니었다. 기껏해야 제일 강한 공격이 돌려 차기였다.

"이상입니다."

노형진의 질문이 끝나자 판사의 얼굴은 심각해졌다. 원래 확실하지 않은 것은 피고인에게 유리하게 해석하는 것이 규칙이라지만, 폭행의 증거도 없는 상황에서 피고인이 유죄임을 증명하는 가장 확실한 증거였던 심장마비의 이유가 약물 과다라는 말이 나왔기 때문이다.

"검찰 측, 질문하세요."

"증인, 만일 까먹고 안 먹었다면 어떻게 됩니까?"

"네?"

"피고인 측은 분명 가짜 비아그라를 증거로 제출했습니다. 그 부분은 인정합니다만 피해자가 그걸 섭취했다는 확실한 증거는 없습니다. 그가 소유하고 있었다는 이유만으로 그걸 확정하여 이야기하는 것은 말도 안 된다고 생각하지 않습니까?"

"그건 그렇습니다만."

'쯧쯧, 궁색하기는'

아니나 다를까, 검사는 피고인이 그걸 가지고 있다고 해도 먹었다고 볼 수 없다고 반박하기 시작했다.

"아무리 그가 강간을 목적으로 활동했다고는 하나 매번 그 약을 섭취했다고 볼 수는 없습니다. 약을 섭취하지 않았다면 약물 과다로 인한 사고가 발생하지는 않을 것입니다. 이를 증명하기 위하여 혼수상태에 있는 피해자에 대한 약물검사를 의뢰하고자 합니다."

노형진은 그의 뜻을 알아차렸다. 사건이 일어나고 상당한 시간이 지났다. 당연히 그의 몸에서 비아그라의 주성분인 실데나필이 나올 리가 없다.

'뻔한 수를 쓰기는.'

문제는 너무 뻔해서 노형진 역시 그걸 예상하고 있었다는 것이다.

"재판장님, 이미 검사는 끝났습니다."

"끝났다고요?"

"그렇습니다. 현재 피해자가 혼수상태라고 하지만 여전히 살아 있는 상태인 데다 일반적인 약들이 몸 안에서 자연스럽게 소멸되었을 시점이 이미 지났습니다."

검사가 노린 건 그것이었다. 성분이 안 나오니 먹었다고 증명할 수가 없는 것. 물론 노형진은 그걸 알고 있었다.

"피해자가 입원해 있는 병원에서는 여러 가지 검사를 하기 위해서 초기에 상당량의 피를 채취했기에 여전히 보관 중에 있습니다. 확인 결과, 피해자의 혈액에서는 상당량의 실데나필이 발견되었습니다."

"윽."

사람들이 실려 오면 병원에서는 재빨리 피를 뽑고 검사에 들어간다. 그런데 그때 뽑은 피는 간에서 걸러지지 않은 것이기에 성분이 그대로 존재한다.

그 점을 착안하여 노형진은 그들에게 해당 혈액에 대한 검사를 부탁했는데 그 결과 상당한 양의 실데나필이 확인되었다.

"해당 의사의 소견에 따르면 혈액 내의 실데나필의 성분을 확인하였으며 일반적인 50대 남성의 신진대사율을 기준으로 봤을 때 여덟 시간 내에 최소 스물다섯 정 이상의 비아그라를 섭취한 것으로 의심됨이라고 되어 있습니다. 비아그라 한 정의 가격을 생각하면 진짜로 그걸 먹지는 않았을 테니 결과적으로 가짜 비아그라를 섭취한 것이라 생각됩니다. 증거로 그 당시 의사의 소견서를 제출하겠습니다."

노형진은 당당하게 소견서를 제출했다. 그리고 그걸 본 검사는 짜증이 나는 얼굴이 되었다. 하지만 그걸 뒤집을 증거 따위는 존재하지 않았다.

⚖

본 사건에서 피고인의 방어 행위는 일반적인 상식을 벗어나지 않는 선에서 이루어졌다고 볼 수 있으며 그 과정에서 피해자가 혼수상태에 빠지기는 하였으나 그 사유가 사건 발생 직전 피해자가 섭취한 것으로 보이는 중국산 가짜 비아그라의 부작용으로 짐작되는 점, 견제 말고는 다른 상해 시도가 없었으며 피해자가 무력화되고 난 후 현장을 이탈한 점으로 보았을 때…… 결과적으로 이번 사건은 정당방위로 볼 이유가 상당하다 할 것이다…… 이하 생략.

드디어 판결문이 나왔다.

이양식은 그걸 붙잡고는 눈물을 흘리면서 오열했다. 드디어 누명이 벗겨진 것이다.

"대단해! 역시 노 변호사야!"

"하하하."

"비아그라 부작용인 건 어떻게 안 거야?"

"그냥 직감이랄까요?"

"직감?"

"네, 나이가 쉰이 넘은 인간이 전국을 돌면서 강간했는데 솔직히 좀 그렇잖아요? 멀쩡한 사람도 힘이 달릴 나이인데."

"크흠!"

이제 50대가 된 송정한은 부정은커녕 헛기침만 했다.

"게다가 범인은 결혼도 못했어요. 그러니 심리학적으로 봤을 때 그런 것들이 쌓여서 남성성을 과도하게 표현하는 것 같았거든요. 칼도 그렇고요."

추적을 피하려면 가장 좋은 것은 아무 곳에서나 살 수 있는 가정용 칼이다. 싸고 잘 들으며 한번 쓰고 버릴 수도 있다. 그런데 범인은 굳이 군용 대검을 구입해서 사용했다.

노형진은 '왜 그런 짓을 하는 것일까?'라는 생각을 한 것이다.

"심리학인가?"

"네."

"이제는 변호사들도 심리학을 배워야 하나?"

"그래야지요."

물론 변호사들도 범죄심리학이라는 과목을 듣기는 한다. 하지만 아주 치밀하게 배우는 것은 아니다. 한국의 모든 학문이 그렇듯 뜬구름 잡는 형식이라고 할까? 배웠다고 해도 현실에 적용하기는 좀 무리가 있는 형태의 강의였다.

"하여간 그렇게 보니 아무래도 자신의 남성성을 어필하기 위해서는 어떤 방법이든 쓸 것 같더군요."

"그게 가짜 비아그라라 이건가?"

"네, 남자의 남성성을 표현하는 가장 좋은 방법은 다름 아닌 시간이니까요."

물론 여유로운 시간은 아니다. 성인들만 아는 그 시간이다.

"덕분에 목숨을 잃어버렸군, 쯧쯧."

"여자들이 다이어트에 목을 매듯이 남자들은 정력에 목을 매지 않습니까? 똑같은 거죠."

"하긴. 부정은 못 하겠네."

오죽하면 바퀴벌레를 박멸시키는 가장 확실한 방법이 정력에 좋다는 소문을 내는 거라는 말이 있겠는가?

"하여간 수고했어. 법원에서 정당방위를 인정시키는 게 쉬운 일이 아닌데."

"그러게 말입니다. 그게 문제네요. 이건 고쳐야 하는데."

유독 대한민국은 정당방위가 인정되지 않다 보니 문제가 많다.

실제로 강간범으로부터 도망치려다가 그를 차로 친 여자가 실형을 받은 적이 있다.

강간범이 강간하기 위해 납치한 여자를 차에서 끌어내던 중 여자가 극렬하게 저항해 비탈길 아래로 떨어졌다. 그러자 여자는 그 틈을 타 차 키가 꽂혀 있는 범인의 차를 타고 액셀을 밟았다. 그런데 그걸 안 범인이 강간 미수로 처벌받는 것을 막기 위해 그 앞으로 뛰어든 것이다.

애초에 범인이 얼굴을 드러내고 사람이 없는 야산으로 끌고 갔다는 것 자체가 여자를 살려 둘 생각이 없었던 것이라고 볼 수도 있는 상황이었다. 그런데 재판부에서는 자동차 안에 들어간 시점에 문을 잠그면 안전성이 확보된다는 논리로 여자에게 실형을 내렸다.

과잉 방어라는 것이다.

"판사들이 부심이 절어서 그래."

자부심이 아닌 '부심'.

자신들이 아니면 절대로 자기 보호도 인정하지 않겠다는 판사들의 욕심.

심지어 대법원조차 수차례 정당방위의 폭을 넓게 인정하라고 명령을 내렸지만 판사들은 들은 척도 하지 않았다. 그렇게 되면 자신만이 남을 처벌할 수 있다는 그 잘못된 '부심'이 무너지기 때문이다.

"전 이제 끝난 건가요?"

"네, 끝난 겁니다. 아마 검찰은 상고하지 않을 겁니다."

대법원은 1심이나 2심보다 폭넓게 정당방위를 인정하는 편이다. 2심에서 정당방위로 결과가 나왔는데 3심으로 간다면 뒤집힐 가능성이 없다. 검사의 입장에서는 상고할 이유도 없다.

"크흡…… 감사합니다."

눈물을 흘리면서 노형진의 손을 부여잡는 이양식.

"잘된 겁니다."

노형진은 그를 다독거리면서 진정시켰다. 자신이 할 수 있는 일을 했을 뿐이라면서 말이다.

"그나저나 진짜로 쉴 건가?"

"그냥…… 너무 열심히 살아온 것 같아서요."

"하긴…… 그렇지."

노형진의 삶에 휴가란 없었다.

최근에 가족들과 바다에 간 것이 휴가의 전부인데 그곳에서 섬 노예 사건을 만나는 바람에 쉬기는커녕 일만 하다가 올라왔다.

"사람이 쉬어야 머리도 돌아가는 겁니다."

"어디로 갈 건가?"

"이번에는 해외로 나가 볼까 합니다."

"해외?"

"설마 해외에서도 사건이 꼬이겠습니까?"

"뭐? 푸하하하하."

송정한은 신나게 웃었지만 그만큼 노형진이 쉬고 싶은 마음이 간절하다는 걸 알 수 있었다.

"그러게나. 2주간 휴가를 주겠네."

"우와, 2주나요?"

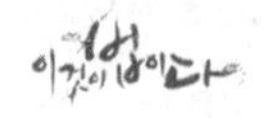

"자네가 일한 양은 상상을 초월하니 그 정도는 쉬어야지, 안 그런가?"

2주간의 휴가라는 말에 노형진의 입가에 미소가 떠올랐다.

휴가 가자!

“해외다! 야자수다! 으아아아, 외국인이다!”

“형진아! 쪽팔리다. 그만 좀 해라.”

노형진의 호들갑에 노현아는 왠지 고개를 스윽 돌렸다.

“하하하.”

“그리고 엄밀하게 말해서 우리가 외국인이지. 저 사람들 동네잖아.”

“그러네. 그럼 국내인이다!”

“우우…… 저 바보가 어떻게 변호사가 된 거야?”

지난 삶에서는 한 번도 해 보지 못한 가족끼리의 해외여행. 그렇기에 노형진은 잔뜩 기대하고 있었다.

‘진짜 즐거운 시간이야.’

아예 해외여행 경험이 없는 건 아니다. 그러나 같이 온 사람은 가족이 아닌 지금은 만날 일 없는 아내였고 말이 해외여행이지, 아내는 면세점에서 쇼핑을 즐기는 걸 더 좋아했다.

"역시 필리핀! 하늘 엄청 높다."

"필리핀이나 한국이나."

"거참, 누나, 누나는 맨날 나보고 애늙은이 노릇하지 말라고 잔소리하더니 애처럼 군다고 또 훈계하는 건 뭐야?"

그 말에 어이가 없다는 듯 코웃음을 치는 노현아.

"변호사라고 한마디도 안 지려고 하네."

"당연하지."

"그래, 알았다, 알았어. 가자, 가."

그들이 공항을 나오자 다가오는 한 대의 리무진. 가족들은 그걸 보고 깜짝 놀랐다.

"리무진? 우리, 봉고 타고 가는 거 아니었냐?"

아버지는 깜짝 놀랐다. 아버지는 여행 경험이 있는데, 보통은 공항에서 숙소까지 그곳에서 보내 준 버스나 봉고 차를 타고 움직이기 때문이다. 그런데 리무진이라니?

"회사에서 보내 준 거예요."

"회사? 변호사 사무실에서 말이냐?"

고개를 갸웃하는 아버지, 노문성이었다.

"리무진이라니…… 좀 부담스럽구나."

심지어 어머니조차 부담스럽다는 얼굴이다. 물론 노현아

는 신났다.

"우와, 짱 넓어! 우와, 냉장고도 있어! 우와, 술도 있어!"

"거참, 누나, 나보고는 호들갑 떨지 말라면서. 아, 그리고 걱정하지 마세요. 변호사 사무실이 아닌 투자사에서 보내 준 거니까."

"투자사?"

"네, 제가 영화에 투자하고 있는 건 아시죠?"

"알지."

노형진은 그동안 번 돈을 영화에 투자하고 있었다. 국내시장은 협소하기 때문에 해외시장에 투자했다. 어떤 영화가 성공할지 알고 있는 노형진이었기에 투자는 언제나 성공적이었고 그 결과, 막대한 돈을 벌어들었다.

그렇게 번 돈은 다시 영화에 투자했고 짧은 시간 만에 노형진은 영화계에서 미다스의 손이라고 소문이 났다. 그가 투자한 영화 중에서 실패한 영화가 없기 때문이다.

"제가 휴가 간다고 하니까 보내 주겠다고 하더라구요."

"도대체 얼마나 투자하기에……."

"그냥…… 생각보다 커요, 하하하."

노형진의 재산은 이제 3천억이 넘어간다. 영화에 대한 투자가 빠른 투자와 빠른 회수가 가능하니 완성 직전에 투자하면 성공하는 순간 막대한 이득을 보는 것을 이용한 결과다.

"그냥 부담 없이 노시면 됩니다."

“이거 참.”

한국에서는 그렇게 큰돈을 벌었어도 여전히 오래된 차를 끌고 다니는 아버지다. 그러다 보니 아무래도 부담스럽기는 한 모양이었다. 하지만 그런 아버지도 누나의 성화에 차에 탈 수밖에 없었다.

“우와, 진짜 넓다.”

창밖에 보이는 도시와 사람들의 모습.

사람들의 시선은 모조리 리무진으로 향하고 있었다. 필리핀은 여전히 가난한 나라에 속해 있어 리무진은 진짜 찾고 싶어도 찾아보기 힘든 차였기 때문이다.

“여기가 호텔이야?”

“5성급입니다. 솔직히 그 정도 돈은 있으니까요.”

“죽인다.”

화려하다 못해서 웅장하기까지 한 건물과 그 안에 있는 많은 관광객들.

리무진이 다가오자 도어맨이 잽싸게 다가왔다.

노형진은 능숙하게 그에게 팁을 건넸다.

“돈을 왜 줘?”

“해외는 다 팁 문화야. 한국하고 다르다고.”

“그래? 넌 처음 와 본 애가 잘 안다?”

“공부 좀 했지. 에헴.”

거들먹거리면서 안으로 들어가는 노형진.

“특실 예약했습니다. 이름은 노형진입니다.”

“환영합니다, 미스터 노. 확인되었습니다.”

신분을 확인하고 짐을 나르는 벨보이가 다가와서 짐을 들어 주자 어리둥절한 얼굴로 그걸 넘기는 사람들. 노형진은 그 벨보이를 따라서 올라가려고 했다. 하지만 그러지 못했다.

“미스터 노!”

누군가 자신을 부르는 소리에 고개를 돌려 보니 한 남자가 서 있었고 그 옆에는 낯익은 여자가 서 있었다. 노형진이 멈추자 가족들도 멈췄고, 누나는 그 여자를 보고는 호들갑을 떨었다.

“어머, 어머, 어머, 어머! 저 사람, 졸리나 아냐? 졸리나 맞지?”

“맞을걸요. 잠시만요.”

노형진은 두 사람에게 다가갔다.

“미스터 브라운, 어쩐 일이십니까?”

“당연히 미스터 노를 보러 왔지요.”

“여기까지요?”

“하하하, 그럴 리가요. 마침 출장 중입니다.”

노형진은 고개를 갸웃했다. 이 시기에 해외 로케를 하는 영화가 있나 했던 것이다.

‘내가 모든 영화를 아는 건 아니지만 졸리나가 나온 영화 중에 이 시기에 여기서 촬영한 영화는 없을 텐데?’

미국의 영화 역사를 이야기할 때 절대 뺄 수 없는 것이 졸리나다. 하지만 아무리 생각해도 이곳이 올 만한 이유가 떠오르지 않았다.

'날 보러? 그럴 리가 없지.'

그가 영화에 투자하는 큰손으로 대우받기는 하지만 재산은 졸리나가 지금의 그보다 훨씬 많다. 막말로 졸리나가 원하면 혼자서 영화 두어 편 찍을 수도 있다.

실제로도 지금은 아니지만 미래에 직접 영화를 만들어서 제법 성공하기도 했다. 말 그대로 팔방미인이라고 할 만한 여자다.

"혹시 영화 투자 건으로 오신 겁니까?"

"네, 이쪽에서 영화를 하나 찍자고 해서요."

"흠……."

노형진은 한참 기억을 더듬었다. 그러고는 아주 어렴풋하게 대충 상황을 알 것 같았다.

"그거 포기하는 게 좋을 겁니다."

"네? 무슨 말씀이신지?"

"그거 사기입니다."

"사기요?"

"네."

노형진의 기억이 맞는다면 이 시가에 영화계에서 큰 사기가 있었다. 더욱 쪽팔린 건 그 사기의 주체가 한국인이라는

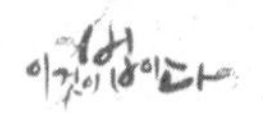

것이다. 필리핀에 대규모 영화를 찍을 수 있는 영화 세트를 만들겠다며 투자받더니 그대로 잠적한 사건.

"하지만 그 사람…… 한국에서 유명한 사람 아닙니까?"

'그렇기는 하지.'

한국에서 잘나가는 가수다. 아니, 정확하게는 가수였다고 표현해야 맞을 것이다. 그래서 투자자들이 많았고 말이다. 결과적으로 그는 그 돈으로 제3국으로 도망감으로써 수많은 자살자를 만들어 내고 끝냈다.

'거기에 이 두 사람도 있었나?'

이런 곳에 대형 세트가 있으면 좋기는 할 것이다. 열대지방에서 찍을 때 쓰는 로케 비용이 확 줄어들 테니까.

'이들이 투자하는지 안 하는지 모르지만 뭐, 경고해 주는 건 나쁘지 않겠지.'

투자한다고 해도 자신이 모르는 걸 봐서는 큰돈을 투자하지는 않았을 것이다.

"그래요?"

"네, 그거 사기입니다."

"흠…… 좀 알아봐야겠네요."

"미스터 브라운, 제가 언제 허튼소리 했습니까?"

"그렇기는 하지요."

노형진의 영화적 감각은 상상을 초월했다. 누구도 예상하지 못한 영화에 투자해서 막대한 수익을 뽑아내는 그의 능력은 모두의 존경을 받을 정도였다.

실제로 모두가 추천하는 가능성이 있는 영화에 그는 투자를 거부했는데 화려한 영상에도 불구하고 영화는 참혹할 정도로 망했다. 반대로 그가 투자한 누구도 관심을 가지지 않았던 서정적인 영화에는 엄청난 수익을 불러오기도 했다.

100전 100승. 영화계의 미다스의 손. 그게 노형진의 별명이었다.

"감사합니다, 미스터 노."

"그럼 조심해서 들어가십시오. 전 가족들과 함께 온 거라서요."

"알겠습니다."

노형진이 돌아가자 브라운은 고개를 돌려서 졸리나를 바라보았다.

"아무래도 알아보는 게 좋겠습니다."

"그가 그렇게 믿을 만한가요?"

졸리나는 호기심에 오기는 했지만 그를 절대적으로 믿는 브라운이 이상했다.

"사업에 관한 한 그는 단 한 번도 틀린 적이 없습니다. 한국에서건 미국에서건 말입니다."

"단 한 번도 말입니까?"

"네."

"대단하군요."

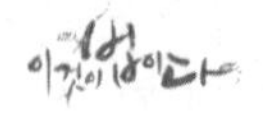

그렇다면 우연이라고 볼 수 없다. 사업적 통찰력이 있어야 한다.

"일단 한국 쪽을 알아봐야겠습니다."

브라운은 마음이 다급해졌다.

⚖

"미안합니다, 졸리나. 제가 큰 실수를 할 뻔했군요."

브라운은 졸리나에게 정식으로 사과할 수밖에 없었다. 부랴부랴 인맥을 통해서 알아봤더니 생각과 다른 말이 나왔기 때문이다. 얼핏 보면 한국에서 유명하고 잘나가는 가수 같지만 실상은 사치로 인해 파산하기 직전이라는 것.

한국에서도 몇 번의 사업 시도를 했지만 말아먹을 정도로 사업적 감각은 떨어진다는 것이다.

"하마터면 큰 피해를 입을 뻔했습니다. 졸리나, 미안합니다, 여기까지 오게 했는데."

"아니에요. 어차피 휴가를 즐기러 온 거라 생각하고 있었거든요."

영화가 끝나고 휴가 겸 온 것이라 졸리나는 그렇게 부담스럽지 않았다. 하지만 재미있는 것은 노형진이었다.

"그나저나 미스터 노라는 사람, 대단하군요."

"풀 네임은 노형진이라고 합니다. 솔직히 미국 내 투자 기업들에 비해서는 투자액이 작기는 하지만 단 한 번도 실패한 적이 없다는 게 엄청나죠."

"오호."

미국 내 투자 기업들은 투자 액수도 많지만 반대로 실패도 많다. 하지만 실패가 없다니.

"한번 개인적으로 만나고 싶네요."

"자리를 만들어 볼까요?"

"아니에요. 어차피 저도, 그쪽도 휴가라고 하니 자연스럽게 만나도록 하겠습니다."

⚖

"으아아!"

풍덩 소리와 함께 물속으로 빠져드는 노현아. 그러고는 멋지게 머리를 털어 내면서 물속에서 나왔지만…….

철푸덕.

멋지게 머릿결이 넘어가기를 기도했겠지만 그건 영화에서나 가능한 것 같았다. 도리어 긴 머리가 자신의 어깨를 강하게 때리자 따갑기만 했다.

"앗, 따거!"

"바보."

"시끄러워. 그나저나 대단하네, 호텔 풀장에 워터 슬라이

드가 있다니."
"5성이잖아."
"역시 돈이 있으니까 짱이네."
"우우우, 이거 우리 누나 잘못 길들이는 거 아닌가 몰라."
"잘못 길들이다니?"
"시집가면 이렇게는 못 살 것 같은데 어쩌누?"
"나 시집가지 말까?"
"그러지 마라. 광석이 형 운다."
"낄낄낄."
웃으면서 대화를 나누는 노형진과 노현아. 부모님은 피곤하다면서 방에서 주무시고 있을 시간이었다. 그런데 갑자기 주변이 조용해지기 시작했다.
너무 갑작스럽게 조용해졌기에 노형진은 자신도 모르게 고개를 돌렸다가 코피를 쏟을 뻔했다.
"우와…… 끝내준다."
같은 여자인 노현아조차 탄성을 지를 수밖에 없을 만큼 완벽한 몸매를 자랑하는 여자가 다가오고 있었던 것이다.
"미스터 노, 반갑습니다. 여기서 다시 뵙네요."
"아, 졸리나…… 여기는 어쩐 일이십니까?"
늘씬한 몸매의 졸리나가 비키니를 입고 나오자 주변이 완벽하게 침묵을 지키는 중. 그런 상황에서 노형진과 대화하자 당연히 시선은 노형진에게 향할 수밖에 없었다.

"온 김에 휴가를 즐기려고 합니다."

"휴가요?"

"투자하러 왔는데 미스터 노의 말이 맞더군요."

"아……."

역시나 그 사기꾼에게 투자하러 온 모양이었다.

"어떻게 알았습니까?"

"그냥, 제가 한국 사람이지 않습니까?"

"그래요?"

"네."

물론 졸리나도 그런 노형진의 말을 믿지는 않았다. 그녀에게 가장 많이 투자하는 사람이 한국 사람이고 그중에는 권력이 좀 있는 사람도 있기 때문이다. 더군다나 노형진은 영화계에 대해서만 잘 아는 거지, 음악계에 대해서는 잘 몰랐다.

'이 사람이 미다스의 손이란 말이지.'

영화뿐만 아니라 사업 투자까지 한 번도 실패가 없었던 사람. 한국 국내 자산은 3천억 규모로 큰 부자는 아니라고 하지만 해외 자산 중 주식이나 투자 지분으로 된 것도 많아 무시할 수 없는 부자라는 소리가 있었다.

"얼굴에 뭐가 묻었나요, 졸리나?"

자신을 물끄러미 바라보는 그 모습에 노형진은 어색해서 고개를 돌렸다. 그도 남자다 보니 특정 부위로 시선이 가는 건 어쩔 수가 없었던 것이다.

"아닙니다, 미스터 노. 그냥 관심이 가네요."

"저한테요?"

"네."

'내가 취향이라는 건가? 아니, 그럴 리가 없는데.'

졸리나의 취향은 한국인 같은 동양인은 아니다. 편견에 관한 문제가 아니라 그의 취향일 따름이다.

"제가 남자로 보이는 건 아닐 테고."

"호호호."

그저 웃고 마는 졸리나. 노형진은 그녀의 기억을 한참 더 듣었다. 그리고 그녀가 왜 자신에게 관심을 가지는 건지 알 것 같았다.

"빈민 국가에 대한 지원 때문입니까?"

"네?"

"아무리 생각해도 그것밖에 생각나지 않는군요."

그 말에 졸리나는 솔직히 깜짝 놀랐다. 자신이 빈민국의 어린이에 대해서 일종의 자선사업을 하는 건 익히 알려진 사업이지만 자신을 만나러 온 게 그것 때문이라고 알아차릴 거라고는 생각도 못 했기 때문이다.

"아마도 협회를 만드실 생각인가 보군요."

"역시 미스터 브라운이 미스터 노를 칭찬할 만하군요. 맞습니다."

"그냥 노형진이라고 부르십시오."

"미스터 노는 어떻게 생각하십니까?"

그동안 졸리나는 자신의 돈을 이용해서 빈민들에 대해서 수많은 지원을 아끼지 않았다. 하지만 요즘 들어서 다른 생각을 하고 있었다. 자신이 유명하니 그 유명세를 이용하면 직접 재단을 만들어서 수많은 지원자들을 모으자는 것이다.

"좋은 생각입니다."

실제로 졸리나는 내년에 재단을 만든다. 노형진은 그걸 생각해 낸 것이다. 하지만 딱 하나 실수가 있었다.

"하지만 종교 시설을 끼우지 마십시오."

"네?"

"나중에 머리가 아플 겁니다."

"머리가 아플 거라니요?"

"지금 협력자로 생각하는 것이 종교 시설 아닙니까?"

"그렇습니다."

아무래도 세력이 있는 사람이 끼어들어야 사람을 쉽게 모으기 때문에 졸리나는 종교 쪽을 알아보고 있었는데, 그중 한 곳이 아주 열렬하게 지지하고 있었다.

"하나님의 이름으로 행하게 되지요. 하느님을 믿어라. 그럼 먹여 주고 재워 준다. 종교가 끼어들면 하나님의 이름으로 행하게 되어 좋은 일이 아닌 사업이 됩니다."

"설마요."

"그 시설을 믿을 수 있습니까?"

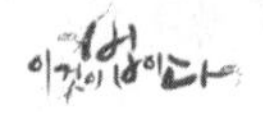

"어딘지 아시는 겁니까?"

"네."

생각보다 대단한 정보력이라 살짝 놀라는 졸리나. 물론 노형진이 그걸 아는 건 몇 년 후 졸리나와 그곳이 대대적으로 소송전을 시작하기 때문이다.

졸리나는 영화배우이기에 모든 걸 혼자 할 수가 없다. 그래서 한 종교 단체를 끼고 협회를 만들어서 지원했는데 그 종교 단체가 딴마음을 먹은 것이다.

졸리나와 다른 지지자들은 아이들에게 공평하게 지원해 주기를 원했지만 종교 단체는 그들이 지원한 돈으로 마련한 것과 치료제를 무기 삼아 반강제로 포교 활동을 했다. 교회에 나와서 찬송가를 부르면 하루 치 식량을 받는 식으로 말이다.

결국 이를 알게 된 졸리나는 무려 5년에 걸친 소송 끝에 그들을 단체에서 퇴출시켰다.

그러나 5년의 소송 기간 동안에 그들은 마구 돈을 써 댔고 지원 단체는 말 그대로 껍데기만 남아서 졸리나가 그걸 복구하는 게 무척이나 오래 걸렸던 기억이 있었다.

"종교 시설은 기본적으로 포교를 감안해서 사업을 진행합니다. 하지만 졸리나는 그냥 도움이 필요한 사람을 돕고 싶은 거죠. 양립할 수 있을 것 같지만 절대 불가능합니다. 다른 종교를 믿는 순간 지원에서 배제당할 겁니다. 그리고 해당 종교에 대한 증오는 더욱 강해지지요."

"흠……."

생각지도 못한 졸리나의 고민. 거의 마음을 굳혀 가고 있다는 뜻이리라.

"그럼 미스터 노라면 어떤 식으로 지원하고 싶으신가요?"

"형진이라 부르시라니까요. 저라면……."

노형진은 잠시 침묵을 지켰다. 확실히 졸리나는 깨어 있는 여성이기는 하다. 팔방미인에 착하고 말이다. 하지만 단 하나, 사람을 너무 쉽게 믿는다는 문제가 있다. 아마 재능이 아니었다면 벌써 망했을지도 모른다.

'그게 문제야.'

그 때문에 도와주는 돈이 착복당하기도 하고 그런 이상한 종교 단체와 엮이기도 한다. 아마도 스스로도 그걸 알기에 철저한 제3자인 형진에게 질문을 던지는 것이리라.

"저라면 우물을 파 줄 겁니다."

"우물?"

"네, 지금 졸리나는 약과 음식에 집중하지요?"

그 말에 고개를 끄덕거리는 졸리나.

"음식만큼이나 물도 중요합니다. 한 예로 질병의 상당수가 수인성 질병입니다. 그런데 아프리카 같은 곳에서는 대부분 강에서 물을 떠 마셔서 수인성 질병에 노출되기 쉽지요. 그 강물은 모든 동물들이 와서 먹으니까요. 그러니 우물을 파 주고 그곳을 뚜껑으로 덮는다면 수인성 질병에 엄청나게 도움이 될 것입니다. 게다가 물을 구하기 위해 하루 종일 걸어 다닐 필요가 없게 되니 시간이 남게 되어 아이들이 좀 더 공부에 집중할 수 있게 될 겁니다."

"오! 좋은 생각이군요!"

그녀의 성격이 드러나는 말이 있다, 아이가 불쌍해서가 아니라 그 나라의 미래를 위해 도와주는 것이라고.

당장 먹고사는 것도 중요하지만 미래에 대한 투자의 가치를 아는 그녀였다.

"그리고…… 지뢰 제거 장비도 좋겠군요."

"그건 너무 비쌉니다. 그리고 반군에게 빼앗기면 군용으로 사용될 수도 있습니다."

"일반적으로는 그렇지요."

노형진은 회귀 전 미래에 봤던 지뢰 제거 장치를 기억해 냈다. 구조는 무척이나 단순한데 대나무로 거대한 공처럼 만든 것이다. 그리고 각 지점에 일종의 고무 발판이 놓여 있었다.

'뭐, 저작권을 요구하는 건 아니니까.'

어떤 사회적 발명가가 개발한 것으로, 어디서나 흔하게 있는 재료로 지뢰를 제거하기 위해 개발한 물건이다.

저작권 등록조차 하지 않은 물건이니 미리 개발해서 더 많은 사람들을 일찍 돕는다면 그도 기분 나빠하지는 않을 것이라 생각한 노형진은 그것에 대해서 졸리나에게 설명해 주기 시작했다.

"이렇게 하면 굴러가면서 지점마다 압력이 가해집니다. 지뢰가 있다면 터지게 되어 있지요. 그리고 지뢰가 터진다고 해도 빈 공간으로 화력이 빠져나가기 때문에 크게 부서지지는 않습니다. 부서진 부위는 대나무만 갈아 끼우면 되고요."

"대단하군요."

졸리나는 깜짝 놀랐다. 안 그래도 아프리카에 가면 가장 많이 보이는 것 중 하나가 바로 지뢰로 인해 신체를 잃어버린 아이들이었다. 반군과 정부군이 무차별적으로 심어 둔 지뢰는 적군과 아군을 가리지 않고 공격했는데 그 안에는 불행히도 민간인도 당연히 들어 있었다.

"이런 건 생각도 못 했군요. 이렇게 하면 들어가는 돈이 적으면서도 효과는 대단할 겁니다."

"그리고 전등도 나쁘지 않습니다."

"전등? 하지만 아프리카 오지에는 전등이 없습니다."

"그래서 필요한 겁니다."

노형진은 기왕 이렇게 된 거, 자신이 인터넷에서 봤던 빈민 구제용품들을 설명해 주기로 했다. 이런 물건들의 개발자들은 오로지 좋은 일을 위해서 개발한 것이기에 수익은 기대하지도 않았다.

"대부분 빈민 지역은 창문 하나 없는 작은 방에서 생활합니다."

"그렇지요."

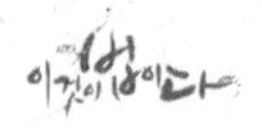

"약간의 화학적 방식을 이용하면 빛의 산란을 이용해서 낮에는 집 안에 빛을 들일 수가 있습니다."

빈민가의 집은 창문이 없다. 있어도 바짝 붙어 있는 다른 집 때문에 빛이 안 들어온다. 그래서 누군가 개발한 것이 바로 표백제와 물통을 이용한 전등이다. 밤에는 못 쓰지만 낮에는 빛이 안으로 들어와서 공부하는 데에 도움이 되는 것이다.

"그리고 수냉식 냉장고도 있군요."

"수냉식 냉장고?"

"네, 물은 증발할 때 열을 가지고 가지 않습니까? 그러니까 그걸 이용한 겁니다. 쉽게 상하는 음식만 제대로 보관하면 질병이 많이 줄어들 테니까요. 물론 그걸 위해서는 안정적으로 물을 공급할 수 있는 우물이 필수겠지요."

듣고 있던 졸리나는 대단히 흥분된 얼굴이 되었다.

"돈은 별로 안 드는데 효과는 엄청난 물건들이군요."

"돈이나 음식, 약을 주는 것에는 한계가 있습니다. 결국은 근본적인 문제를 해결해야지요."

"근본적인 문제라……."

맞는 말이다. 지뢰가 존재하는 이상 의족을 공급해 봐야 소용이 없고, 더러운 물을 마시는 이상 항생제를 공급해 봐야 소용이 없다.

"형진, 형진에게 많이 배워서 갑니다."

"가시려구요?"

“이런 좋은 아이디어를 가지고 놀고 있으면 더 많은 아이들이 고통받을 테니까요. 고맙습니다, 형진.”

졸리나가 벌떡 일어나서 수영장 바깥으로 나가자 다시 사람들의 시선이 그쪽으로 향했다. 그때 형진 옆에서 잠자코 듣기만 하던 노현아가 드디어 입을 열었다.

“한국 영어 교육은 쓸모가 없어.”

“하하하하.”

하긴 대학생인 누나는 한마디도 알아듣지 못했을 것이다.

“그나저나 크기는 크다.”

“그렇지?”

남매는 의미를 알 수 없는 대화를 주고받았다.

‘아, 좋다.’

노형진은 침묵을 지킨 채 고요를 만끽했다. 언제나 시끄러운 서울 생활과는 다른 행복감과 충만감.

그러나 그런 감정은 얼마 지나지 않아서 망가졌다.

“아니, 무슨 서비스가 이래? 이러면 안 되지.”

“저기, 손님.”

“사장 나오라고 그래! 사장!”

시끄러운 아줌마들의 목소리. 그리고 당황한 듯한 어눌한 한국말. 노형진은 고개를 돌려서 호텔 로비에 있는 카운터를 바라보았다.

거기에는 십여 명의 아줌마들이 모여서 시끄럽게 떠들고

있는 가운데, 통역으로 보이는 여직원이 땀을 뻘뻘 흘리고 있었다.

"사장 나오라고 그래!"

아줌마들은 왜 그런지 모르지만 무척이나 화를 내고 있었다.

'그냥 갈까.'

척 봐도 무슨 문제가 생긴 것 같았기에 노형진은 최대한 모른 척하고 싶었다. 한국에서 사건을 피해 여기까지 왔는데 또 사건에 끼어드는 건 원하지 않았다.

그러나 갈 수 없었다. 아주 막 나가는 상황이 되어 가고 있었기 때문이다.

"야! 너, 내가 누군지 알아!"

'무슨 일인지는 모르겠지만 한 소리 해야겠군.'

저런 식으로 행동해 봐야 결국 국가의 이름만 더러워질 뿐이다. 그런데 주변 외국인들 사이에서 한국인들은 왜 저러느냐는 말까지 나오자 한국인으로서의 자존심이 상했다.

"그만하시죠."

노형진이 다가가서 한국어로 말하자 그들의 시선이 그에게 향했다.

"넌 뭐야?"

"여기 관광객입니다. 한국분들 같은데 그만하시죠."

"관광객이면 그냥 놀다 가. 잘못된 건 고쳐야지. 안 그래?"

"맞아, 맞아."

"어떻게 책임질 거냐고!"

"사장 불러! 사장!"

소리를 버럭버럭 지르는 아줌마들은 본 노형진은 한숨을 쉬면서 여직원을 바라보았다. 저쪽은 말이 통하지 않을 것 같았다.

"무슨 일입니까?"

"그게……."

"말해도 됩니다. 저쪽은 영어를 못 알아들으니까요."

만일 알았다면 항의할 때 영어로 했을 것이다.

"직원이 실수했는데 그걸 핑계 삼아서 방을 상급 호실로 옮겨 달라고……."

"실수요?"

"네, 청소하던 직원이 쓰레기통을 비울 때 쓰레기인 줄 알고 버렸는데 중요한 서류라면서……."

"이런, 이런……."

어찌 되었건 직원이 잘못한 것이니 호텔 측에서 한 일은 맞다. 그런데 노형진은 듣다가 고개를 갸웃했다.

'이상한데?'

복장을 봐서는 무슨 계 모임에서 놀러 온 것으로 보인다. 그러니 중요한 서류가 있을 리가 없다. 게다가 이런 5성급 호텔의 직원은 그냥 대충 뽑는 게 아니다. 다 훈련시킨다.

'그럼 바닥에 쓰레기처럼 널브러져 있었다는 건데?'

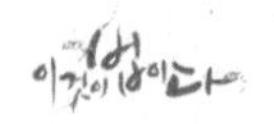

자신이 알기로는 아무리 청소한다 해도 책상 위에 있는 서류는 버리지 않는다. 설사 바닥에 떨어진 종이라 할지라도 깔끔하게 접혀 있거나 펼쳐진 상태의 종이라면 잘 정리해서 책상 위에 놓도록 한다.

즉, 그들이 버렸다는 것은 최소한 꾸겨진 상태로 바닥을 굴러다녔다는 뜻인데, 그게 중요한 서류일 수가 없다.

"형진아! 쇼핑 가자!"

그 순간 엘리베이터에서 내리는 노현아. 함께 쇼핑을 가기로 했기 때문에 여기서 만나기로 한 것이다.

"엄마랑 아빠는?"

"체력이 달리신단다."

"쩝…… 누님은 안 달리우?"

"내 체력은 내 주머니에 있는 용돈에 비례해."

"칫, 조금만 줄걸."

"에헤헤헤."

웃으면서 나가려던 노현아는 마구 시끄럽게 떠드는 아줌마들을 보고 얼굴을 찌푸렸다.

"저건 뭐래?"

"아, 그냥…… 좀 문제가 있어서."

"문제?"

"응."

노형진은 자신이 들은 이야기를 해 줬고 노현아는 한숨을 푹 쉬었다.

"아…… 그거구나."

"그거?"

"해외 진상질."

"해외 진상질? 그건 또 뭐야?"

"내가 해외여행을 간다고 해서 마구 찾아봤거든."

"그런데?"

"그런데 웃긴 이야기가 있더라고."

"웃긴 이야기?"

"응."

노현아의 말에 따르면 몇몇 사람들이 직원의 사소한 실수를 빌미로 마구 따져서 호텔로부터 서비스나 높은 등급의 객실을 얻어 냈다는 것이다. 그러고는 그걸 돈을 아낄 수 있는 여행 노하우을 공유한답시고 웹상에 올렸다는 것.

'이런 미친…….'

노형진은 기가 막혔다. '그렇게까지 하고 싶을까?'라는 생각이 들 정도였다.

"척 봐도 그런 거네. 안 그래?"

"그렇겠네."

"좋아, 노형진! 출동!"

"엥? 왜 나한테 그래?"

"우리 대한민국의 국격을 지켜 다오!"

"국격은 무슨……."

투덜거리면서도 노형진은 그쪽으로 다가갔다. 한국인으로서 저런 되다 만 인간들의 행동으로 인해 한국이 욕을 먹는 건 무척이나 싫었기 때문이다.

"그만하시죠."

"넌 아까부터 뭐야?"

"나? 여기 특실 손님입니다."

그 말에 그 아줌마들의 얼굴에 시기심이 확 피어올랐다. 자신들은 한 등급이라도 올려 보겠다고 이 난리를 피우고 있는데 특실 손님이라니.

"그래서 뭐?"

"그리고 특실 손님으로서의 권한은 알고 있습니다. 거기 직원분, 여기 경찰 좀 불러 주세요."

"경찰요?"

경찰을 불러 달라는 말에 깜짝 놀라는 직원.

"네, 공공건물에서 소란을 피우면서 사람들에게 불안감을 야기하는데 그럼 경찰을 불러야지요. 안 그렇습니까?"

"하지만……."

노형진의 말에 우물쭈물하는 직원. 어찌 되었건 그들도 손님이기 때문이다. 노형진은 그럴 거라 생각했다. 안 그랬다면 벌써 경찰을 불렀을 테니까.

"뭐, 그러시다면 제가 부르겠습니다."

"뭐라고!"

아줌마들은 깜짝 놀랐다.

"경찰에 신고하는 건 누구나 할 수 있는 거 아닌가요? 그러고 보니 필리핀 교도소는 엄청 열악하던데."

그 말에 두려운 얼굴이 되는 아줌마들. 그들은 잠시 주춤거리다가 당차게 나가기로 했는지 앞으로 나왔다.

"당신이 무슨 권한으로 부른다는 거야! 앙!"

"피해자는 아니지만 증인이죠."

"증인?"

"네, 사기의 증인."

"무슨 헛소리야! 사기라니! 증거 있어!"

발악하는 아줌마. 하지만 그녀의 눈은 당혹감으로 가득했다.

"중요한 서류가 버려졌으니 방을 상급실로 올려 달라고 하시는데, 그 서류가 뭡니까?"

"뭐?"

"그 서류가 뭐냐구요. 더군다나 그게 분실되거나 파손된 것도 아니고 단순히 버려진 모양인데 그걸 이렇게 따질 정도라면 정말 중요한 서류인 것 같은데 그 서류가 뭐냐니까요?"

"……."

말을 할 수 있을 리가 없다. 비즈니스이 아닌 단체 관광으로 온 것이니 말이다.

'기껏해야 여행 일정표겠지.'

그리고 그걸 핑계로 상급 객실로 올라가려고 한 것이다.

"무슨 서류인지도 모르는 걸로 봐서는 중요 서류가 아닌 것 같으니 결과적으로 말도 안 되는 주장으로 상급 호실을 받아 내려고 하시는 것 같은데, 그런 경우라면 사기가 성립하거든요."

"사, 사기……."

"네, 필리핀에서 사기 미수로 얼마나 처벌받는지 모르겠네요."

사기라는 말에 당황하는 사람들.

아무리 국가별로 법이 다르다고 하지만 공통적으로 인정되는 범죄가 있기 마련이다. 살인이나 강간, 사기가 그런 것들이다.

"네……가 뭔데…… 우리를 신고한다 만다야, 법에 대해서 쥐뿔도 모르는 것이?"

애써 자기 위안을 얻으려고 중얼거리는 한 명.

노형진은 그 작은 희망을 박살 내는 기쁨을 즐기면서 입을 열었다.

"저 변호사인데요."

"……."

변호사라는 말에 침묵을 지키는 사람들.

"더 이상 하실 말 없죠? 경찰 부르겠습니다."

"잠깐만요. 진정하시고, 이건 고의로 그런 게 아니라……."

다급하게 말을 높이는 아줌마들. 큰일 났다는 사실을 이제야 알아챈 것이다. 물론 노형진은 그걸 그냥 넘어갈 리가 없다.

"그건 경찰에서 수사하면 나올 겁니다."

"아니, 변호사 양반…… 제발…… 잠깐만…… 진정하고."

"진정요? 지금 선량한 사람들을 가난한 나라 사람이라고 무시하면서 사기를 치려고 하는데 진정이 됩니까?"

"……."

결국 아무런 말도 못 하고 고개를 푹 숙이는 여자들.

"우리가 미안했어…… 한 번만 봐줘."

아니나 다를까, 이쪽에서 강한 모습을 보이자 그들은 꼬리를 말고 고개를 푹 숙였다.

"좋습니다. 이 아가씨한테 사과하고 그냥 조용히 올라가세요."

"……."

"왜요? 가난한 사람들은 사과받을 자격도 없나 보죠? 그럼 여러분들은 저보다 가난하니까 제가 여러분들을 필리핀 감방에 넣어도 불만 없는 겁니다."

"미안하이."

"아가씨, 미안해."

결국 사과한 여자들은 우울한 얼굴로 자신들의 방으로 올라갔고 통역관 아가씨는 진심으로 고마운 얼굴이 되었다.

"감사합니다, 손님."

"저야말로 미안합니다. 한국에 저런 나쁜 사람들이 있기는 하지만 한국 사람들이 다 저런 거 아니라는 점, 알아주십시오. 한국 사람을 대신해서 사과드립니다."

"아닙니다. 일하다 보면 이런 사람도 있고 저런 사람도 있는 거죠."

"하하하, 그렇게 생각해 주시니 저야말로 감사합니다. 그럼 전 이만."

노형진이 다시 노현아에게 다가왔을 때 노현아는 흐뭇한 얼굴로 바라보고 있었다.

"역시 우리 동생."

"내가 뭘."

"가는 곳마다 여자가 따르는구나. 저 여자의 표정을 봐라. 한눈에 반한 것 같은데."

"아, 쓸데없는 소리 좀 하지 마라."

"오호호호호."

자신을 놀리는 누나를 데리고 노형진은 쇼핑센터로 향했다. 그리고 한숨이 나왔다.

'근데 자기가 시키고 놀리면 어쩌자는 거야? 너무 억울한 거 아냐?'

그러나 어쩌겠는가? 그게 남매의 관계인 것을.

법이 만능은 아니다

따르릉.

"응?"

잠결에 울리는 전화기 소리에 노형진은 머리맡을 더듬거렸다. 하지만 핸드폰은 잡히지 않았고 전화기는 끊임없이 울렸다.

"여보세요."

결국 한참 뒤에야 전화기를 잡은 그는 수화기에서 낯선 목소리를 들었다.

"미스터 노?"

"응?"

한국어로 대답했던 노형진은 그쪽에서 들리는 영어에 잠시 멍하니 있다가 간신히 정신을 차렸다.

'아, 맞다. 여기 필리핀이지.'

그는 애써 눈을 비비면서 정신을 차리려고 노력했다.

"헬로우."

노형진이 정신을 차린 듯하자 저쪽의 목소리가 다급해졌다.

"미스터 노, 바쁘신가요?"

"누구신가요?"

"여기 카운터에서 통역을 맡고 있는 리사입니다."

"리사?"

리사라는 이름에는 생각은 나지 않았지만 통역이라는 말에 얼마 전 쩔쩔매는 모습을 보여 준 그 아가씨가 생각났다.

"아, 그런데 어쩐 일이십니까, 이 시간에?"

고개를 돌려 보니 아침 8시 30분. 아주 급한 일이 아니면 투숙객의 생활을 터치하지 않는 호텔의 특성상 이례적인 일이었다.

"도움이 필요합니다."

"도움이 필요하다니요?"

"사건이 발생했는데 통역이 필요합니다."

"통역?"

노형진은 순간 멍했다. 리사가 통역이다. 그런데 통역이 필요하다는 건 무슨 소리인가?

"전문적인 사건인지라 저는 통역이 불가능합니다."

"전문적인 사건이라니요?"

"범죄가 벌어졌습니다만 애석하게도 저는 형사적인 단어

나 설명에 대한 지식이 없어서……."

"범죄?"

노형진은 이해할 수가 없었다. 범죄가 벌어졌는데 왜 자신을 부른단 말인가?

'아…… 너무 놀았나. 이해를 못 하겠네. 잠이 덜 깼나?'

"리사, 미안한데 내가 이해가 가지 않아서 그러는데 와서 설명해 주겠어요? 그리고 가능하면 올 때 커피 진하게 한 잔만 타다 줬으면 하는데."

"알겠습니다, 미스터 노. 바로 올라가겠습니다."

"네, 으하함."

노형진은 하품하면서 자리에서 일어났다. 그리고 이 일이 그의 여행을 얼마나 패대기쳐 버릴지 모른 채 주섬주섬 옷을 입기 시작했다.

'다시 살려 냈으니 뽕을 뽑겠다는 거냐?'

분명 휴가다. 그래서 혹시라도 모를 사건을 피해서 해외로 온 건데 여기에까지 사건이 쫓아오는 건 무슨 경우란 말인가?

'그래, 좋게 생각하자, 일단 12일은 놀았으니.'

2주 휴가 중 12일은 놀았다. 남은 이틀이 아깝기는 하지만.

"그러니까 그 아줌마들이 사고를 쳤다는 거군요."

"네, 미스터 노. 도움을 청했는데……."

사건의 주인공은 리사에게 진상질을 하던 그 아줌마들이었다. 그 아줌마들이 여행을 마치고 며칠 전 귀국했는데 귀국 과정에서 병신 같은 짓을 했다는 거다.

'바보 아냐? 끄으응…… 하긴 이때는 이런 식의 범죄가 알려지지 않을 때였나?'

한국으로 떠나기 직전, 어떤 한국 사람에게 한국으로 가야 하는데 수하물 한계까지 차서 그러니 짐을 배달해 달라고 부탁받았다는 것이다. 그 대신 얼마씩 주겠다고 하니 돈에 눈이 먼 아줌마들은 한국인끼리 돕는 게 좋은 거라는 멍청한 소리를 해 대면서 그 짐을 옮겨 줬다고 한다. 그런데 그 안에 마약이 섞여 있어 세관에 걸렸다는 것이다.

배달을 부탁한 남자는 벌써 도망갔고 그 배달을 하던 네 사람은 그 자리에서 마약 밀수 혐의로 체포되었단다.

'멍청하기는.'

같은 한국인이라고 철석같이 믿었다는 말에 노형진은 기가 막혔다. 상식적으로 이곳이 관광의 천국이기도 하지만 범죄자가 도망치는 곳으로도 유명하다는 걸 모르는 것일까?

"그래서 호텔에 도움을 요청했다고요?"

"네."

"착한 겁니까, 바보인 겁니까?"

"네?"

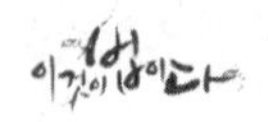

“보아하니 매니저는 거절했죠? 안 그래요?”

“…….”

이런 일이 벌어지고 도움을 요청하려면 통역사가 아닌 매니저가 연락하는 게 정상이다. 그런데 리사가 나섰다는 건 매니저, 즉 회사에서 거절해서 리사 혼자 나섰다는 뜻이다.

“그래도 우리 고객님이셨던 분입니다.”

“그래요, 과거형입니다. 한국어 잘 배우셨네. 고객이셨죠. 그것도 아주 진상.”

“전 호텔의 통역인 동시에 호텔의 얼굴입니다. 한번 오신 손님이 다시 오실 수 있도록 배려하는 것이 저의 사명입니다.”

자부심 넘치는 대답이다. 노형진은 5성급 호텔은 역시 5성일 수밖에 없다는 생각이 들었다. 이런 직원이 있으니 말이다.

“전 필리핀 변호사가 아닙니다. 자격이 없어요.”

“저희도 도와 드릴 건 없지만 통역이 필요합니다. 전 회사에 매인 몸인 데다가 전문적인 법률적 단어에 대해서는 모르기에…….”

결과적으로 자신이 나서 달라는 것.

‘끙…… 이걸 나서야 하나’

그 진상 짓을 봐서는 나서고 싶지는 않았지만 자신이 어떻든 다급한 사람을 도와주는 것이 변호사의 업무다.

“내가 리사 님을 봐서 나서도록 하겠습니다.”

“감사합니다, 미스터 노.”

리사는 고개를 숙여서 인사했다.

"바로 가겠습니다. 차를 좀 알아봐 주시겠습니까?"

"바로 택시를 불러 드리겠습니다, 미스터 노."

택시를 타고 간 경찰서. 그곳에는 완전히 죽을상을 하고 있는 네 명의 여자들이 있었다. 그들은 자신들에게 걸린 마약 사범이라는 죄목을 이해하지 못하겠다는 듯한 표정이었다.

"당신, 그때…… 그 변호사?"

"네, 리사, 그러니까 당신들이 그때 마구 진상 부리던 사람이 하도 부탁해서 여기까지 통역하러 온 겁니다."

부끄러움에 고개를 숙이는 네 사람.

"도대체 어떻게 된 겁니까?"

"우리는 억울해요."

"그러니까 말을 해 보세요."

그들의 말에 따르면 출국 준비를 하고 있는데 한 남자가 다가왔단다. 자신이 한국에서 왔다가 돌아갈 준비를 하는데 선물을 너무 많이 사서 중량 제한에 걸렸다면서 선물을 조금만 옮겨 주면 사례하겠다는 것이다.

'바보냐?'

선물을 옮기는 데에 개인당 50만 원씩 주겠다고 했다는 건데 상식적으로 저렴한 필리핀 물건을 50만 원씩 주고 나를 이유가 없다. 그런데 그런 게 있으면 그냥 세계 탁송 서비스를 하는 수많은 화물 회사 중 하나에 맡기면 되는 일이다. 그건 가격도 싸다.

"그래서 한다고 했다고요?"

"네……."

그렇게 세관을 통과하던 중 갑자기 직원들이 분주하게 움직이는 듯하더니 자신들을 강제로 끌고 어디론가 향했다는 것. 그리고 그 안에서 한 사람당 2킬로그램의 마약이 나왔다는 것이다.

'제대로 당했네.'

이 시기에 한국인들의 여행이 많아지자 이런 사기가 많이 생기고 있었다. 물론 알려지지도 않았고 정부에서 경고도 해주지 않았다.

"그 남자는요?"

"사라졌어요."

당연히 사라졌을 것이다.

"경찰에서는 뭐랍니까?"

"그런 사람은 없다고. 거짓말하지 말라고."

"그렇겠지요."

필리핀 경찰의 부패는 극도로 심하다. 실제로도 2014년에 경찰이 한국 관광객에게 뇌물을 요구했을 때 한국인이 주지 않자 다짜고짜 체포해서는 마약죄를 뒤집어씌웠고 그 결과, 피해자는 감옥에서 사망하는 사태까지 벌어졌다.

미래에도 그 꼴인데 지금이야 더하면 더했지, 덜할 수는 없었다.

"대사관에서는 뭐랍니까?"

"아직 연락해 보지 않았어요."

사실 연락해 봐야 의미가 없다. 대한민국이 해외에 있는 자국민 보호에 아예 관심도 없다는 건 유명한 사실이기 때문이다. 실제로 위의 사건이 벌어졌을 때 변호사 한 명만 붙여 줬어도 그 지경이 되지는 않았을 것이다. 마약을 샀다는 장소가 존재하지도 않는 등 사방에 오류투성이였으니까.

그러나 대사관은 귀찮다는 이유로 관심도 보이지 않았고 변호사는커녕 통역 한 명도 보내 주지 않았다.

하다못해 가족들에게 연락이라도 했으면 가족들이 돈으로라도 샀을 텐데, 가족에게 연락도 해 주지 않는 바람에 그는 철저하게 혼자 죽어야 했다.

문제는 그런 사건이 한두 번이 아니라는 것.

"변호사님, 제발 도와주세요. 저희, 진짜 억울해요."

"그렇게 말씀하셔도……."

자신은 필리핀 변호사가 아니다. 그러니 할 수 있는 일이 없다. 기껏해야 통역이나 해 주는 정도.

"일단 최대한 통역은 해 드리겠습니다. 조사가 끝나면 바로 대사관으로 가서 상황을 말해 드리지요."

"변호사님, 제발…… 흑흑."

"쯧쯧."

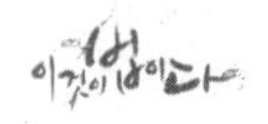

필리핀의 감옥 사정은 열악하다 못해 끔찍하다고 할 수 있는 수준이다. 그런 곳에 가야 한다는 사실 때문에 네 사람은 거의 패닉에 빠진 상황이었다.

잠깐 있을 때도 그 고생을 했는데. 더군다나 필리핀은 마약에 관해서 피도 눈물도 없는 국가 중 하나다. 한국처럼 툭 하면 선처해 주는 나라가 아닌 것이다.

"일단은 조사부터 받고 조금 참아 보세요. 제가 할 수 있는 데까지 해 보겠습니다."

⚖

"대사관은 그런 일을 하는 곳이 아닙니다."

노형진은 조사를 마치고 난 후에 부랴부랴 대사관으로 향했다. 하지만 아니나 다를까, 대사관 직원은 거들먹거리는 표정으로 노형진을 훈계하기까지 했다.

"그런 사소한 범죄자까지 다 도와주려면 대사관이 아니라 대한민국 정부가 와도 안 됩니다. 그냥 신경 끄세요."

"그렇지요. 대사관은 이런 일을 하는 게 아니지요. 대사관은 파티나 하고 대사입네 하고 다니면서 모가지에 힘주는 곳이지요."

"뭐라고요?"

"아닌가요? 그럼 뭘 하는 곳인지 말해 보세요."

"우리는 국익을 위해서 움직이며 국가의 안녕과……."

너무 뻔한 말에 노형진은 기가 막혀서 말이 안 나왔다.

'이런 놈을 대사관 직원이라고…….'

하긴 기대도 하지 않고 오기는 했다. 대사관이라는 존재가 이런 곳이라는 걸 미국에서 활동했던 경험이 있는 노형진이 모를 리가 없으니 말이다.

'아마도 대사관이 누군가를 풀어 주기 위해서 총력을 다한 건 그 대통령 비서관이 강간 미수 사건을 일으킨 것 말고는 없었던 것 같은데?'

한국 사람들은 모르지만 그건 미국법상 명백하게 강간 미수에 들어간다. 더군다나 중범죄다. 그래서 그걸 경범죄로 낮추기 위해 한국 정부는 엄청나게 많은 사안들을 미국 정부에 양보해야 했다.

"결과적으로 도와줄 수 없다 이거네요."

"이것은 타국의 법률적 과정이므로 저희가 끼어들면 타국에 대한 침해가 되어서 도와 드리기가 어렵습니다."

"네, 네."

노형진은 더 이상 말해 봐야 의미가 없다고 생각하며 자리에서 일어났다. 어차피 대사관에서 울고불고 떠들어 봐야 경비원에게 끌려 나갈 것이 뻔하니까.

"결국 우리가 알아서 하는 수밖에 없겠군."

노형진은 나오면서 전화기를 들었다.

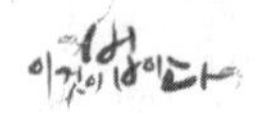

"그나저나 이 비싼 국제전화 요금은 누구한테 받아 내나? 하아……. 여보세요, 송 변호사님?"

⚖

며칠 뒤 송정한은 피해자 가족들을 데리고 급하게 입국했다.

"용케 들어오셨네요."

여행 성수기라 표를 구하는 것이 쉽지 않았을 텐데 말이다.

"대룡에서 1등석 표를 지원해 줬다네. 다행히 1등석은 좀 있어서 말이지."

"대룡에서요?"

"그래."

"이번에는 좀 무리했군요."

한 명도 아니고 한 집당 두 명씩 총 여덟 명, 거기에 송정한까지 하면 못해도 5천만 원 이상은 나올 것이다.

"상황이 다급하니까. 변동 사항은 있나?"

"없습니다. 조사를 끝내기는 했는데 아무래도 필리핀 정부 쪽은 진실을 밝히는 데에 그다지 관심이 없는 것 같더군요. 아예 마약 사범으로 확신하고 있어요."

"끄응, 왜 그런 것 같나?"

"결국 이게 문제가 아니겠습니까?"

손을 들어서 엄지와 검지를 비비는 노형진.

"하긴…… 필리핀에서는 심각하게 문제가 생기는 일이기는 하지. 대사관은?"

그 말에 노형진의 얼굴에서는 비릿한 비웃음이 떠올랐다.

"뭘 더 바랍니까?"

"끄응…… 망할 놈들. 파티나 해 먹으라고 보낸 게 아닌데."

대한민국 대사관의 무능은 세계적으로 알아준다. 단순하게 한국 사람들이 투덜거리는 게 아니라 전 세계의 다른 대사관에서도 심각하게 생각할 지경이다.

좀 예민한 문제가 생기면 일단은 중앙정부에 물어봐야 한다는 식으로 대답을 회피하거나 근무시간에 자리를 이탈하는 것이 아주 흔한 일이어서 몇몇 정부들은 아예 한국 대사관이 아닌 대한민국 정부에 해당 업무에 관한 질의를 하는 수준이다.

심지어 한 국군 포로가 북한을 탈출해서 대한민국 대사관에 도움을 요청하자, 도와줄 수 없다면서 전화를 끊어 버리는 일이 벌어지기도 했다.

"이번에는 법으로 어떻게 될 수 있는 게 아닙니다."

"하긴……."

필리핀이라는 곳 자체가 관광지로 유명하지만 사법적 안정성은 거의 제로에 가까울 정도로 타락한 곳이다.

"대사관에서도 도움을 거절하니 우리가 알아서 해야겠네요."

"무슨 수로?"

"결국은 이거 아니겠습니까?"

노형진은 아까처럼 손가락을 슥슥 비벼 보였다.

⚖

"노 변호사, 큰일 났어!"

잠자던 노형진은 자신을 깨우는 목소리에 깜짝 놀라서 일어났다.

"네?"

"영주 아줌마네 가족들이 다짜고짜 대사관으로 갔다네."

"대사관? 거기는 왜요?"

"어떻게 해서든 도움을 청해 보겠다고 말이야."

"아, 진짜 이 사람들."

하긴 그 사람들의 입장에서는 대사관의 진실을 모르니 도움을 청하고 싶은 게 인지상정일 것이다. 그러나 아무리 노력한다고 해도 대사관에서 도움을 줄 리가 없다는 것은 노형진이 가장 잘 알고 있었다.

"언제 갔습니까?"

"한 40분 전에 나갔다고 하네."

"그래요?"

노형진은 시계를 흘깃 바라보았다. 그러고는 한숨을 쉬었다.

'그래, 전화위복이라고 생각하자.'

노형진은 생각을 고쳐먹었다. 이참에 아예 사건 자체를 키우는 것도 나쁘지 않은 일일 것이다.

"천천히 가죠."

"뭐?"

"천천히 가자고요."

"무슨 말인가, 천천히 가자니?"

"어차피 우리가 가 봐야 무슨 의미가 있습니까? 저쪽에서 도와주려고 하는 것도 아닌데."

"하지만……."

"피해자 가족들도 현실을 알아야 합니다. 대사관에 가서 울고불고 해도 안 도와줄 거라는 걸 알아야 합니다."

"하지만 다른 가족들도 가고 싶어 하는 눈치인데."

"가는 건 말리지 않겠지만, 대신 손 뗀다고 하세요."

"진짜로 말인가?"

"네."

자신들을 믿어 주지 않는 사람들을 위해서 움직이는 것은 노형진의 취향이 아니었기 때문에 선을 딱 그었다.

"누차 말했습니다. 대사관에 가 봐야 도움이 되지는 않을 거라고. 하지만 그쪽에서 그렇게 나온다면 우리도 별수 없죠."

"하지만 우리가 그럴 것까지야……."

"반대입니다. 대사관에 가서 일을 키우면 일이 복잡해진단 말입니다. 지금은 조용하게 일을 처리해야 할 시점입니

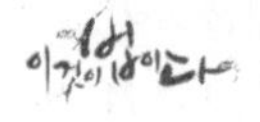

다. 아직은요."

"알았네."

송정한의 전화가 끊어지고 난 후 노형진은 한숨만 나왔다.

"거참, 내 말을 진짜 안 들어요."

법적 안정성이 낮다. 뇌물로 모든 게 통한다. 이 말은 반대로 말하면 뇌물을 쓰면 풀려날 수도 있다는 뜻이다. 문제는 대사관이 끼어들어 일이 커질수록 필요한 금액이 기하급수적으로 늘어난다는 것이다.

"간신히 연락처를 알아냈는데 설마 대사관이 끼어든다는 식의 황당한 전개가 벌어지지는 않겠지?"

다행히 그런 일은 벌어지지 않았다. 오히려 피해자의 가족들이 가서 울고불고 빌었음에도 불구하고 대사관은 현지 국가의 관할이라면서 도움을 거부한 뒤, 경비원을 동원해서 피해자 가족들을 질질 끌어내 길바닥에 패대기쳐 버리기까지 했다.

"흑흑흑."

눈물을 흘리면서 후회하는 그들 앞에서 노형진은 시큰둥하게 말했다.

"그러니까 의미 없는 짓을 하지 말라고 말씀드렸잖습니까?"

"그럼 어떻게 하란 말입니까? 애 엄마가 감옥에 있는데요!"

"압니다. 저도 그래서 도와 드리려고 이렇게 뛰어다니고 있는 겁니다. 일을 키워야 하는 사건이 있고 조용히 무마해야 하는 사건도 있는 법입니다. 이 사건에서는 일을 키우면 도리어 더 복잡해집니다."

"왜요?"

"일이 커지면 끼어들려는 인간이 많아지고 그런 게 많아지면 돈을 달라는 인간도 많아지니까요."

"돈을 왜 줍니까? 우리는 억울하다고요!"

그 말에 노형진은 한숨이 나왔다. 물론 수많은 피해자들의 가족들이 저 말을 한다. 하지만 그건 현실을 모르고 하는 말이다. 법은 차갑다. 그들에게는 감정이 없다.

"억울하다는 건 아예 없는 일이 만들어질 때 억울하다고 하는 겁니다. 이건 없는 일이 만들어진 게 아니잖습니까?"

명백하게 마약 운송을 하다가 걸렸다. 그건 빼도 박도 못할 확실한 증거이자 현행범이다. 억울하다는 말이 끼어들 부분이 없는 것이다.

"하지만 부탁받은 것뿐이라고 하잖습니까!"

"재판부에서 그 말을 들어 줄 것 같습니까? 다른 범인들은 변명하지 않는 것 같아요? 그리고 애초에 필리핀에서 마약사범에 대한 처벌은 엄청나게 강합니다. 모르고 저지른 일은 용서해 준다는 문구는 어디에도 없습니다. 가족분들의 마음을 모르는 바는 아니지만 네 분은 명백하게 마약 범죄의 현행범으로 체포된 것이니 대한민국 정부가 나서서 손쓴다고 해도 뒤집을 수 없습니다."

"크흑."

가족들은 절망적인 표정으로 고개를 푹 숙였다.

"확실하게 말하겠습니다. 대한민국 정부나 언론을 끼워서 하실 거면 하세요. 단, 지금 말씀해 주십시오. 바로 저희들은 한국으로 철수하겠습니다."

"……."

가족들은 조용히 눈치를 살피기 시작했다. 하지만 결국 누구도 말하지 못했다. 대한민국 정부에서 거절한 이상 믿을 만한 곳은 이들뿐이기 때문이다.

"좋습니다. 그럼 저희랑 하시는 걸로 알겠습니다."

노형진은 송정한과 함께 방에서 나왔다. 송정한은 불편한 듯 그들이 있는 방을 바라보았다.

"너무한 거 아닌가?"

"저라고 이렇게 독하게 하고 싶겠습니까? 하지만 안 그러면 방법이 없는걸요."

"그래도 피해자인데……."

"피해자 가족이라는 점은 알겠는데 결국은 자초한 일입니다. 솔직히 대사관으로 갔을 때 얼마나 심장이 철렁했는지 모르실 겁니다."

"음……."

만일 대사관에서 끼어들었다면 자신이 계획한 모든 것이 망가지는 것이다. 그렇게 되면 무슨 일이 벌어질지는 뻔하다.

"솔직히 이해를 못 하겠네. 왜 그렇게까지 한 건가?"

송정한이 바라보자 노형진은 갑갑한 마음에 음료수를 하나 사서 캔을 따서 쭈욱 들이켰다.

'담배 피우고 싶다.'

다행히 이번 삶에서는 아예 담배 자체를 배우지 않았지만 이전 생에서였다면 이때쯤 마구 줄담배를 피우고 있었으리라.

"언론이나 대사관이 나서면 결국 너무 공적인 일이 됩니다. 그건 국민들의 감정 같은 것과는 별개로 필리핀의 입장도 신경 써야 하는 사건이 된다는 뜻입니다."

"그렇지."

저들은 억울할 것이다. 그리고 그 억울함이 국민들과 국가에 닿아서 풀려나기를 원할 것이다. 그러나 그들이 억울한 건 그들의 입장에서의 이야기이다.

"아무리 변명한다고 해도 현행 필리핀의 법률상 알든 모르든 마약의 배달은 불법입니다. 아니, 애초에 항공법상 자기 화물만 보내도록 되어 있으니 항공법을 위반한 셈입니다. 처벌을 피할 수 없는 겁니다. 그럼 어떻게 될까요?"

"글쎄……."

"필리핀 정부로서는 당연히 법대로 처리되도록 할 겁니다. 그리고 법대로 처리된다면 현 상황에서 어느 정도 선처야 받을 수 있을지 몰라도 결국 마약 사범임을 벗어날 수는 없습니다. 도망간 범인을 찾을 수가 없으니까요."

노형진도 그 범인을 찾으려고 했다. 하지만 다른 곳도 아닌 공항에서 그의 기억을 읽을 수는 없었다. 하루에도 수만 명이 거쳐 가는 공간이기 때문이다.

가장 좋은 건 그가 건네줬다는 가방에서 기억을 읽는 것이지만 여기서 자신은 변호사도 뭣도 아닌 일반 관광객일 뿐이다. 증거에 접근할 권한이 없다.

"그렇게 되면 아무리 선처받는다고 해 봐야 3년형입니다. 필리핀의 법률상 말이죠."

"끄응."

애초에 그런 이유로 대사관에 가서도 강하게 항의하지 않은 것이다.

"하지만 개인적이고 알려지지 않은 사건이라면 생각보다 아래쪽에서도 손쓸 수 있지요."

"결국 뇌물로 해결하려는 건가?"

"기분 나쁘신 건 알지만 그게 가장 확실합니다."

"쩝."

좋은 기분은 아닐 것이다. 하지만 현 상황에서 의뢰인에게 가장 확실한 도움이 되는 것은 법률적인 싸움이 아닌 뇌물을 통한 협상이다.

"변호사라는 게 그런 거 아니겠습니까?"

"그건 그렇지."

법적인 승리를 원했다면 변호사가 아닌 검사를 해야 한다.

하지만 변호사는 법적인 승리가 아닌 결과적인 승리를 노려야 한다.

"하지만 어떤 식으로 하려는 건가? 자네가 로비하고 싶어도 뭐가 있어야지?"

"돈이야 피해자들의 가족이 준비하면 될 겁니다. 다행히 필리핀은 한국보다 환율이 낮으니까 한 집당 한 1천만 원씩만 낸다고 하면 부족하지는 않을 겁니다. 솔직히 이번에 타고 온 비행기 가격이 더 비쌀 겁니다."

"뭐, 그럴지도."

돈이야 그렇게 하면 구할 수 있다. 일단 그 정도의 돈을 구하지 못할 정도로 가난한 집들이 아니니까. 그런 경우라면 대룡에서 어떻게 해서든 도와줄 것이다. 문제는 뇌물을 넣을 통로다.

"자네, 아는 사람이 있나?"

"그럴 리가요. 전 필리핀에는 처음 왔습니다."

"그럼 어쩌려고? 로비도 길이 있어야 하지."

"제가 길을 모른다고 해서 모든 사람들이 다 모르는 건 아닙니다."

"그럼 아는 사람이 있나?"

"네, 안 그래도 그것 때문에 한국에 한번 갔다 와야 할 것 같습니다."

"한국에?"

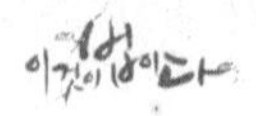

"네, 지금 한국에 있다고 들었거든요."
물론 그가 만나 줄지는 모를 일이지만 말이다.

⚖

차가운 새벽 공기가 호수 주변을 맴돌아서인지 아무도 움직이지 않는 시간.
그곳에 한 대의 차가 조용히 자리를 잡고 있었다. 그리고 그 안에서 노형진은 멍하니 바깥을 바라보고 있었다.
'안 오려나.'
자신이 만나려는 인간을 찾기 위해 상당히 고생했다. 그리고 그 결과, 찾기는 했다. 문제는 그가 나올지 안 나올지 모른다는 것. 전화하기는 했지만 받지 않아 결국 문자 하나만 보냈기 때문이다.
'슬슬 시간인데.'
이제 조금 있으면 해가 뜬다. 그렇다면 여기에 있을 필요가 없다.
어쩌면 안 나올지도 모른다는 생각을 하는 그 순간, 철컥 하는 소리와 함께 차의 문이 열리면서 한 남자가 조수석에 들어와 앉았다.
"오랜만이네."
"인사는 하고 싶지 않다. 날 부른 이유는?"

조수석에 앉은 남자. 그는 바로 남상진이었다.

"시간을 보내는 것도 마음에 드는 녀석일 때의 이야기다."

남상진.

노형진이 군대에서의 악연으로 알게 된 브로커.

노형진은 그를 잡으려다가 물 먹었고, 남상진은 사건을 조작하려다가 노형진이 거부해서 물 먹었다.

즉, 결코 친하다고 볼 수는 없는 사이였다.

"말 그대로 일거리가 있어서 불렀지."

"네놈이? 기가 막히는군. 정의로운 척하던 노형진은 어디 간 거지?"

"변호사에게 정의란 의뢰인의 승리라고."

"그래서 하고 싶은 말이 뭔가?"

"필리핀 쪽에도 로비가 가능하냐?"

"필리핀?"

"그래, 내가 알기로 넌 국제적인 무기 브로커잖아. 안 그래?"

그가 국내에서만 활동하는 그저 그런 심부름꾼이라면 찾지도 않았을 것이다. 하지만 노형진이 알기로 남상진은 전 세계적으로 활동하는 무기 브로커다.

그리고 필리핀은 상당한 양의 무기를 수입하는 국가 중 한 곳.

"대상이 필리핀이냐?"

"그래."

"가능하기는 하다. 네놈이 나선 걸 보니 무기 쪽은 아닌 것 같고. 형사인가?"

"그래, 형사사건."

"푼돈이겠군."

"옛정을 봐서 싸게 좀 해 달라고."

그 말에 남상진은 코웃음을 쳤다. 옛정이라니.

"우리는 서로 못 잡아먹어서 안달인 사이 아니었나?"

"미운 정도 정이라고 하잖아. 안 그래?"

"착수 2천, 끝나고 3천. 사건 규모는?"

"네 명. 죄목은 마약 밀반출."

"흠…… 작은 죄목은 아니군. 그럼 로비에 못해도 5천은 들어간다."

총 1억. 네 명의 피해자 가족들이 부담하기에는 좀 큰 금액이다.

"좀 깎아 주지?"

"브로커 활동이라는 게 도떼기시장인 줄 아나, 깎아 달라고 하게?"

"세상에 에누리 없는 장사가 어디 있나. 좀 깎아 주게나."

남상진은 기가 막혔다. 볼 때마다 참 뻔뻔하다고 느끼기는 했지만 직접 거래해 보니 뻔뻔하기 이루 말할 수가 없었다.

"웃기는 소리. 우리가 친한 사이도 아닌데 내가 왜 너의 말을 들어줘야 하지? 이건 금전적 관계일 뿐이다, 개인적인 관계가 아니라. 그러니 자금은 이 계좌로 보내라."

스위스 계좌를 적어 주는 남상진. 그러고는 주저하지 않고 차 바깥으로 나갔다.

"사건은 들어 보고 나가지?"

"의미가 있나?"

"그거야…… 없겠군……."

한국인 네 명이 연루된 마약 사건이라고 하면 뻔하다. 남상진이 찾아내지 못할 이유가 없다. 죄목의 무거움도 그에게는 의미가 없을 것이다.

"나중에 보도록 하지."

어둠 속으로 사라지는 남상진을 보면서 노형진은 차에서 나와서 기지개를 켜면서 온몸의 힘을 쭈욱 뺐다. 그리고 어둠을 향해서 작게 중얼거렸다.

"잘 가라고."

⚖

"그렇게 큰돈은 없습니다!"

피해자 가족들은 깜짝 놀랐다. 무려 1억에 달하는 큰 금액을 요구했기 때문이다.

"네 가족이 부담해서 내시는 비용입니다. 아내의 일이니까 혼자 감당하지 마시고 친정이랑 시댁 쪽에도 부탁해 보세요. 그럼 대충 한 집당 800만 원이면 될 테니까요."

"하지만……."

여전히 '법대로 하면 풀려나지 않을까?' 하는 생각을 하는 가족들.

"원한다면 정식으로 재판을 받으셔도 상관없습니다. 하지만 현행범으로 체포된 이상, 빼도 박도 못한다는 점은 확실하게 아셔야 합니다. 필리핀 법률에 따르면 최하 3년인데 마약의 양이 많아 5년 이상이 될 수도 있습니다."

억울한 건 안다. 하지만 그건 그들의 입장이지, 필리핀 정부가 아니다.

"더군다나 필리핀은 오랫동안 외국의 지배를 받아 왔습니다. 그래서 외국에서 감 놔라 배 놔라 하는 것을 별로 좋아하지 않습니다. 도리어 그렇게 끼어들게 되면 국내법에 맞게 하겠다고 하면서 강하게 처벌할 수도 있습니다."

"……."

가족들은 그 말에 아무런 대답도 하지 못했다.

"저라고 이런 게 좋아서 하는 게 아닙니다. 당연히 그냥 풀려날 수 있다면 최선을 다했을 겁니다. 하지만 제가 할 수 있는 일이 아닙니다. 여기는 명백하게 타국이고 제 능력 바깥의 일이니까요."

물론 자신의 경험을 살려서 변호사에게 어드바이스해 줄 수도 있을 것이다. 하지만 그렇다 해도 워낙 증거가 확실한 사건이기에 결국 실형을 피할 수가 없다.

"선택하십시오."

"……."

침묵을 지키던 남편들은 결국 결심을 굳히는 듯했다.

"애들 엄마를 죽일 수는 없지 않습니까?"

"그건 그렇지."

면회하러 갔을 때 아내들은 남편을 붙잡고 제발 꺼내 달라면서 눈물로 호소했다. 필리핀의 감옥에서 그들은 이루 말할 수 없는 고통을 받고 있다고 말이다.

먹는 건 부실했고 사방에는 벌레가 들끓었으며 공간은 협소했다. 더군다나 말도 안 통하고 외국인 범죄자라는 이유로 수시로 폭행까지 당했다고 한다. 당연히 교도관들은 그걸 보면서도 말리지 않았을 테고 말이다.

"하지만 돈이……."

"저도 한국에 가서 전세 자금을 빼야 합니다."

당장 2,500만 원을 빼올 수 있다면 좋겠지만 그 정도 현금을 즉시 동원할 수 있는 사람들은 극히 드물다.

"일단 여기 차용증을 써 주시면 대룡에서 해당 계좌로 보낼 겁니다. 그 후에 돌아가셔서 대룡에 갚으시면 됩니다."

"네."

만사를 포기한 얼굴로 순순히 사인하는 사람들.

그걸 확인한 노형진이 대룡에 연락하자, 잠시 후 입금이 완료되었다는 연락이 왔다.

"얼마나 걸릴까요?"
"설마 먹고 도망가는 건 아니겠지요?"
"아마도…… 얼마 걸리지 않을 겁니다. 시작되면 자연스럽게 알게 될 겁니다."
"자연스럽게?"
"네."

⚖

이주일 뒤.
갑자기 사건이 급속도로 빨리 진행되기 시작했다. 그동안은 제대로 수사도 하지 않고 세월아 네월아 방치되던 사건의 심리가 갑자기 사흘 뒤로 결정되었고 그 후 이틀 뒤 첫 번째 기일이 잡혔다.
그리고 일주일 뒤, 두 번째 재판이 잡혔고 이틀 뒤에 결심 공판이 벌어졌다. 결국 판결이 나왔고 아니나 다를까, 검사는 당연히 항소하지 않았다.
"이거 참…… 대단하군."
족히 몇 달은 걸릴 재판이 순식간에 진행되어 버렸다. 즉, 뇌물로 인해 적절하게 움직였다는 뜻이었다. 그리고 재판 결과 역시 만족스럽다고 할 만한 조건이었다. 아니, 사실 최상이라고 할 만했다.

"200만 원에 추방이라."

벌금이 한국 돈으로 200만 원이 나왔고 그 후에 한국으로의 추방 결정이 떨어진 것이다. 그걸 예상한 노형진이 남편들에게 미리 돈을 준비해 오라고 한 덕분에 바로 벌금을 내고 한국으로 돌아갈 수 있었다.

"이제 어떻게 될까?"

"아마도 한국으로 가면 그걸로 끝이겠지요."

한국에서 관련 증거를 받기는 하겠지만 일단 필리핀에서 실질적으로 처벌이 끝난 상황인 데다가 워낙 이런 사건이 자주 벌어지고 있어서 딱히 처벌받지는 않을 것이다.

물론 필리핀에서 추방당했으니 다시는 필리핀에 입국할 수 없겠지만 그녀들이 다시 필리핀으로 오려고 할 리 없다. 그 짧은 시간에 얼굴이 순식간에 반쪽이 될 정도로 고생했으니 말이다.

"재판하지는 않았지만 그래도 나쁘지 않았습니다."

"그렇지."

돈이 많이 들기는 했지만 사실상 결과만 봐서는 최상의 결과다. 마약 사범이 벌금 200만 원과 추방으로 끝나는 경우는 거의 없기 때문이다.

"그래서 생각해 봤는데 말입니다."

문득 먼저 이야기를 꺼내는 노형진. 그리고 송정한은 그런 노형진을 바라보았다.

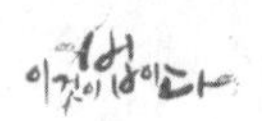

"필리핀이나 베트남 같은 곳에 지부를 두는 게 어떨까요?"

"지부?"

"네, 이번에도 보셨다시피 비상사태가 벌어지는 경우 대사관이 도와주는 일은 거의 없다고 봐도 무방합니다."

"흠……."

"그러니까 필리핀이나 베트남같이 한국인이 많이 여행을 가는 곳에 새론의 국제 지부를 두고 현지 변호사를 고용하는 겁니다. 평소에는 그곳 사건을 해결하다가 비상시 한국인이 찾아올 수 있게 말입니다."

"이런 사건이 그렇게나 많은가?"

"많습니다. 단순히 뇌물을 받는 걸 목적으로 있지도 않은 마약이 있다고 몰아서 잡아가는 경우도 있습니다. 그 피해자는 송 변호사님의 가족이나 지인이 될 수도 있습니다."

당장 관광객들의 사건도 있고 그곳에 이민 가서 살아가는 사람들의 사건도 많다. 즉, 아주 크게 하는 것만 아니라면 충분히 수요는 있다는 뜻.

대사관에서 안 도와주면 국민이 할 수 있는 것은 별로 없다. 하지만 한국 계열의 법인이 있다면 도움을 받을 수 있다. 그리고 해외여행을 한다는 것 자체가 수임료를 못 낼 정도는 아니라는 뜻이다.

"좀 씁쓸한 일이군."

"네?"

"결과적으로 대사관이 하는 업무를 우리가 하는 꼴이 아닌가."

송정한의 말에 노형진은 아무런 말도 하지 못하고 비행기 게이트로 향하는 피해자 가족들을 바라보았다. 그러고는 작게 중얼거렸다.

"누군가는 해야 하는 일 아닙니까? 안 그래요?"

집단소송

고개가 1도씩 돌아갈 때마다 점점 어두워지던 노형진의 표정은 완전히 돌아갔을 때 진정으로 우울해 보였다.

"우우우…… 이래서는 휴가의 의미가 없었잖아."

산더미처럼 쌓여 있는 서류들. 물론 노형진이 다 담당하는 서류들은 아니지만 아직 체계화가 잡혀 있지 않은 사건들인지라 노형진이 한 번씩 봐 주면서 체계화시키고 답변서 같은 것들을 점검해야 했다.

"우우우."

장기 휴가로 인한 후유증을 제대로 겪는다고 생각하면서 노형진은 서류를 뒤적거렸다. 하지만 그가 투덜거린 것과는 별개로 그의 처리 속력은 엄청나게 빨랐기에 서류의 양은 시시각각 줄어들고 있었다.

“오늘은 이쯤할까?”

순식간에 절반쯤을 확인한 노형진. 이제 막 퇴근하려는 찰나였다.

“노 변호사 있나?”

문이 열리면서 들어오는 송정한.

“네, 이 시간에 어쩐 일이세요?”

그러면서 시계를 흘낏 보는 노형진.

‘칫, 5시 50분.’

퇴근 10분 전에 일거리를 가져다주는 얄미운 상사를 보는 느낌이 뭔지 절실하게 느끼는 노형진.

“뭐, 그런 표정으로 보지 말게. 나도 이러고 싶어서 이러는 건 아니니까. 사실 자네가 오기를 기다리고 있었거든.”

“제가 오기를요?”

그렇다는 건 상당히 난이도가 있는 사건이라는 것이다. 그리고 아주 복잡하고 말이다.

“애매해서……. 뭐라고 하기가 진짜 애매해.”

“애매하다?”

“그래, 범죄의 냄새가 나기는 하는데 피해가 있다고 보기도 힘들고…… 그렇다고 피해가 없다고 보기도 힘들고.”

“네?”

모든 사건에 피해자와 가해자가 있는 건 아니다. 아니, 정

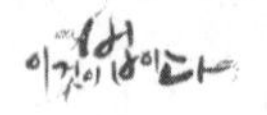

확하게 말하면 모든 사건에는 피해자와 가해자가 있지만 경우에 따라서는 그걸 구분하는 것이 쉽지 않다.

특히 사기가 더 그렇다. 판사와 검사 그리고 변호사를 제외하고 법에 대해 가장 잘 아는 사람을 뽑으라고 한다면 1순위인 사람이 사기꾼일 정도다.

"사기입니까?"

노형진은 송정한이 애매하다고 말하는 데서 이미 사기라는 것을 예상했다.

"그러네."

"끄응…… 곤란하군요."

사기는 애매하다. 한국은 화이트칼라 범죄에 대해서 무척이나 관대하기에 그 배상을 받아 내는 것도 힘든 데다가 사기꾼들은 대부분 받은 돈을 다 빼돌린 후인 탓이다.

'문제가 많기는 하지.'

가령 이런 식이다. 어떤 사람이 사기를 치려는 목적으로 1억을 빌렸다고 치자. 그리고 갚겠다면서 100만 원을 주면 그 후에 남은 돈을 주지 않아도 사기가 성립하지 않는다. 갚기 위해 노력했다고 보기 때문이다.

결국 형사처벌은 받지 않고 넘어가고 민사로 돈을 회수해야 하는데 이때쯤이면 그 돈을 대부분 다른 곳으로 빼돌린 상태가 된다.

"곤란한 문제군요."

"더군다나 이번에는 집단소송일세."

"집단소송요?"

'금액이 엄청날 텐데.'

사기꾼이 여러 사람들에게 사기를 치는 경우가 많아 가끔 집단소송을 한다.

"소송 당사자가 몇 명인데요?"

"이백 명."

"헐."

엄청난 숫자다. 그러면 사건이 무척이나 커지는 경향이 있다.

"피해액이 얼마입니까? 20억? 30억? 설마 100억이 넘나요?"

집단소송에 들어가면 어쩔 수 없이 총력전이 된다. 그런데 듣고 있던 노형진은 귀를 의심했다.

"그게 말이야…… 한 1억 좀 넘을 것 같은데? 지금 집계 중이기는 하지만."

"에? 고작요?"

물론 1억이라는 돈이 고작이라고 말할 만큼 작은 돈은 아니다. 문제는 피해자가 이백 명이라는 거다. 그럼 1인당 50만 원 정도밖에 안 된다는 건데…….

"택배 사기인가 보죠?"

물건을 보내 준다 하고 택배를 보내지 않거나 돌을 보내는 사기꾼들이 늘어나면서 문제가 되고 있다. 하지만 노형진은 금방 생각을 고쳐먹었다.

'아니지. 그런 거면 애초에 애매하다고 하진 않았을 거잖아?'

그런 사건은 명백하게 사기임이 증명되니 애매하다고 말할 수는 없다. 아니나 다를까, 송정한은 어려워하는 얼굴로 노형진을 바라보았다.

"종교 관련 일이라서."

"으윽……."

그 말에 노형진은 자신도 모르게 신음성을 내고 말았다.

종교 관련 사건은 이루 말할 수 없이 복잡하고 더럽다. 대한민국은 종교의 자유가 보장된 나라이기 때문이다. 그러다 보니 선불리 종교 단체와의 소송전에 들어가면 종교 탄압이라는 얼토당토하지 않은 오해를 받는 경우가 많다.

게다가 집단적인 행동을 하는 종교의 특성상 신자들 중 광신자들이 말 그대로 극단적인 행동을 하는 경우가 많다.

'어쩐지 날 기다렸다고 하더니…….'

이런 사건은 진짜 닳고 닳은, 그리고 실력이 있는 변호사가 아니면 시작하기도 부담스러운 사건일 수밖에 없다.

결국 노형진은 자세한 이야기를 들어 보고자 그 소송 집단의 대표와 만날 수밖에 없었다.

⚖

"안녕하세요. 이선화입니다."

"반갑습니다. 노형진입니다. 그런데 이번에 집단소송을 하셨더군요. 자세한 이야기를 듣고 싶은데요."

"당연히 해 드려야지요. 이건 명백하게 우리를 우롱하는 짓이니까요."

"도대체 어떤 일이기에?"

노형진은 처음에 종교 소송이라고 하기에 종교집단에서 사람들을 속여서 재산을 빼앗은 거라고 생각했다. 그런 거 있지 않은가? 종말이 온다는 둥 집안에 흉이 끼어 있다는 둥 하는 식으로 말이다.

"전 이태원에서 작은 식당을 하는데요."

이선화는 쉰 중반의 여주인으로 이태원에서 제법 커다란 인도 식당을 운영하고 있다.

"저를 비롯한 가게 사람들이 좋은 일을 하려고 뭉쳤는데……."

그렇게 시작된 설명.

뭉친 사람들은 좋은 일을 하려고 했지만 개인 사업을 하는 사람들이 대부분인지라 시간을 내는 것이 쉬운 일은 아니었다. 그래서 한 종교 시설에서 운영하는 해외 자선사업에 기부하기로 결정했다고 한다.

"그래요?"

그걸 기부하고 돌려 달라고 하는 걸까?

그럴 리 없다. 기부금은 특별한 경우가 아니라면 돌려주는 경우가 없기 때문이다.

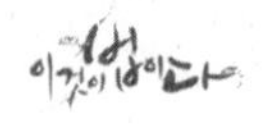

"어떤 종교 단체와 협약을 맺고 아프리카의 아이들과 1대1 자매결연을 맺어서 지원했거든요, 매달 2만 원씩."

"종교 단체라……. 거기가…… 이름이 뭐죠?"

"만구회라는 곳이에요."

"네?"

처음 들어 보는 이름에 노형진은 고개를 갸웃했다. 만구회라니?

"만민의 구원회라는 곳이에요. 작은 교회라는데 저희 회원 중 한 명이 소개시켜 준 곳이에요."

노형진은 기분이 좋지 않았다. 먼 미래, 돈 욕심에 수백 명의 목숨을 날려 버린 집단의 이름인 탓이다.

'하긴 그곳이 존재할 때이기는 하지. 그나저나 만구회라니 부담스러운데……. 거기 완전 광신도 또라이 집단인데…….'

그렇다고 사건을 피할 수 없는 노릇이었기에 노형진은 최대한 표시를 내지 않고 담담하게 물어봤다.

"그럼 피해액이 얼마죠?"

"피해액 자체는 얼마 안 돼요. 한 사람당 한 50만 원 정도?"

그렇다면 약 2년 정도 지원했다는 뜻이다.

1대1 자매결연이다 보니 서로 편지도 주고받고 감사의 인사도 건네고 하면서 '잘 자라고 있구나.' 하고 생각하고 있었는데 생각지도 못한 일이 터졌다.

"이 사진을 보세요. 그 애가 보내 준 사진이에요."

"음…… 사진이…… 참…… 발육이 빠르네요."

처음에 보내 준 사진은 잘해 봐야 일곱 살 정도 되어 보였는데 최근에 보내 준 사진은 한 열 살 정도 되어 보였다. 2년을 지원했다고 해도 좀 차이가 크다.

"전 처음에는 그냥 애들의 인종이 다르다 보니 성장 속도가 다르다고 생각했죠."

그건 맞다. 열여섯 살의 한국 아이는 여전히 애 같은 느낌이 나지만 열여섯 살의 서양 아이는 완전히 성인 같은 느낌이 나니까.

"그런데 제가 이 사진을 우리 가게 벽에 붙여 두고 다녔거든요. 이걸 보고 한 사람이라도 더 좋은 일을 하기를 원해서요."

"네."

"근데 우리 단골 중 한 명이 이 사진을 유심하게 보더니 글쎄, 뭐라는지 아세요? 전혀 다른 사람이라는 거예요."

"전혀 다른 사람이다?"

"네!"

다른 인종 간에는 얼굴을 확인하는 게 쉽지 않다. 실제로 백인은 황인종의 얼굴의 차이를 잘 인식하지 못하고 황인종은 흑인종의 얼굴의 차이를 잘 인식하지 못한다.

그러니 이 경우에도 살짝 바뀐 듯한 모습을 애가 성장하면서 바뀐 것이라고 생각했지, 설마 아예 다른 아이일 거라고는 생각지도 못했던 것이다.

"중간에 기부하는 아이가 바뀐 건가요?"
"아니에요. 전 처음부터 한 명한테만 하고 있다고요."
"그래요?"
근데 어째서 사진이 잘못 온 것일까? 단순한 사고일까?
"단순한 사고일 수도 있지 않겠습니까?"
"저도 그렇게 생각했죠. 그런데 그 손님이 이야기를 듣더니 마침 자신이 아는 사람 중에 그 나라 사람이 있으니 물어봐 주겠다고 하더라구요."
"그래서요?"
"그래서 확인해 줬는데……."
그 사람이 이야기해 준 말은 충격적이었다. 해당 단체가 자신의 고향에서 활동하는 것은 사실이지만 빈민 구호단체가 아니라 선교 단체라서 선교를 목적으로 접근한다는 것이다.
쉽게 말해서 선교하기 위해 돈을 쓴 거지, 기부자의 말처럼 누군가를 돕기 위한 순수한 마음에서 접근한 게 아니라는 것.
"분명히 조건은 그게 아니었어요. 그저 어린아이에게 1대1 지원을 해 줌으로써 생존을 도모하고 공부할 수 있도록 해 주는 거였는데……."
"그런데요?"
"그 후, 그분이 고향에 있는 가족을 통해서 제가 기부하는 아이에 대해서 알아봐 주셨는데……."
물론 그렇게 알아보는 과정에도 돈이 들어간다. 하지만 화가 난 이선화는 돈이 중요한 게 아니었기에 꼭 해 달라고 부탁했다. 그런데 전해 들은 사실은 상상을 초월했다.

자신이 기부한 아이는 존재하기는 하지만 사진에 나온 아이가 아니며 애초에 해당 단체로부터 단 한 번도 1대1 지원금이라는 것을 받아 본 적이 없다는 것.

그리고 애초에 이선화라는 사람의 존재 자체를 모르고 있었다는 것이다.

"그게 무슨 말인가요? 1대1 지원이 아니었나요?"

"그렇게 들었지요."

깜짝 놀란 이선화가 함께 기부하던 사람들끼리 모여서 이야기하기 시작했고 뭔가 이상하다고 느낀 사람들은 편지와 사진을 가지고 모였단다. 그리고 그렇게 모이자 더 이상한 게 드러나기 시작했다.

"분명 1대1 지원이고 전혀 다른 아이잖아요. 그런데 사진을 모아 놓고 보니까 같은 사진이 한두 개가 아니더라는 거예요."

더군다나 토씨 하나 안 틀리고 똑같은 편지가 몇 개씩 나왔다. 즉, 누군가 중간에서 장난을 친 것이다.

"그래서 그쪽에 항의했더니……."

그쪽에서는 1대1 지원금을 개별적으로 나눠 주는 것이 실질적으로 불가능해서 필요 용품을 사서 해당 지역에 나눠 주는 걸로 대체하고 있다는 것이다.

"애초에 그럼 1대1 결연이 아니라 일반 지원이라고 하든가요! 그리고 사진에 편지까지 조작해서 보내는 건 완전 사기 아니에요?"

"으음……."

노형진은 표정이 묘해졌다.

'이거, 완전 골 때리네.'

사기라고 하기도, 정상적인 거래라고 하기도 애매하다. 결국 남을 돕는다는 목적에 쓰인 것은 맞기 때문이다. 문제는 그 과정에서 1대1 결연이라는 식으로 거짓말하고 서류를 조작했다는 건데.

'송 변호사님이 사건이 묘하다고 할 만하네.'

사기로 보기도 그렇고 안 보기도 그렇다.

"우리는 그 아이들이 불쌍해서 지원한 거라고요."

충분히 이해가 간다. 하지만 현실은 녹록치 않았다.

'일단 사문서 위조에 해당되기는 하는 것 같은데……. 근데 이거 수사가 되려나? 아무리 봐도 범죄가 벌어진 현장이 아프리카인 것 같은데 거기서 증인이나 자료를 보내 줄 리가 없잖아?'

증인이 오기 위해서는 막대한 비행기값을 내야 한다. 애초에 아프리카가 가난한 나라인 걸 다 아는데 그게 가능할 리가 없다.

다른 방법으로는 그쪽에서 수사하여 자료를 보내 주는 방법도 있지만 다른 나라도 아니고 아프리카의 빈국과 한국 간에 범죄 협조 조약이 맺어져 있을 가능성은 거의 없어 보였다.

"솔직히 말하면 이건 소송을 해도 실익은 없을 것 같은데요. 고소해 봐야 애초에 조사가 불가능하니까요."

"알아요. 하지만 사람을 이렇게 가지고 놀면 안 되죠."

이선화는 진심으로 화내고 있었다. 하긴 선의로 좋은 일을 하겠다고 나섰는데 누군가가 그걸로 자기 이득을 챙긴다면 분노하지 않을 사람이 얼마나 있겠는가?

"하지만 제대로 조사하고 자료를 구하려면 저희가 아프리카에 가야 합니다."

"까짓거 보내 드리죠."

그 말에 노형진은 묘한 표정이 되었다.

'터졌구나, 자존심 싸움.'

사람들은 민사가 법률 싸움이라고 생각하기 쉽다. 하지만 민사 법정에 가 보면 실질적으로 법률적 대립보다 더 강한 것이 자존심 싸움이다.

그때는 내가 얼마의 수익을 내느냐가 중요한 게 아니라 상대방에게 얼마나 피해를 입히느냐가 중요해진다.

'하긴…… 이태원 상인연합이라면.'

이태원은 세가 비싸기로 유명한 곳이다. 그곳에서 사업하는 이백 명의 사장들이라면 아프리카에 갔다 오는 돈 정도는 말 그대로 푼돈이라고 할 수 있다. 게다가 혼자서 내는 것도 아니니 말이다.

"수임료는 2천만 원. 제반 비용은 저희가 다 냅니다."

보통은 기분 나쁘다면 관계를 끊고 만다. 하지만 이쪽은 자존심을 걸고 시작한 싸움이니 상대방이 타격을 입길 원하고 있는 것이다.

"알겠습니다."

노형진은 고개를 끄덕거렸다. 그런 조건이면 충분히 자신들이 할 수 있는 일이니까.

"그 조건, 받아들이겠습니다."

⚖

아프리카.

작렬하는 태양. 그리고 광활한 대지. 그곳에 내리자 그들을 괴롭히는 엄청난 열기.

"덥다……."

무태식은 내리자마자 혀를 축 내밀었다.

"벌써 늘어지면 어떻게 합니까?"

"전 더위에 약해서……."

"저도 마찬가지입니다만."

혼자서 갈 수는 없었기에 노형진은 무태식을 파트너로 데리고 왔다. 민시아 변호사가 아프리카를 보고 싶다고 징징거렸지만 아프리카의 치안이 좋지 않다 보니 선불리 데리고 올 수가 없었다.

"빨리 나가죠. 나가면 아마 기다리고 있을 겁니다."

비행기에서 내려서 공항으로 가자 나가는 게이트 앞에 서 있는 한 사람. 그는 영어로 '환영합니다, 새론.'이라고 써 놓은 종이를 들고 서 있는 상태였다.

"미스터 앤슨?"

"혹시 미스터 노?"

"맞습니다. 반갑습니다. 이쪽은 무태식이라고 합니다."

"반갑습니다, 미스터 무."

백인이기는 하지만 피부가 시커먼 색으로 그을린 그는 그 둘을 보면서 씩 웃었다.

"일단 나갈까요?"

"그러지요."

그를 따라서 나가는 노형진.

"여기서 험비를 타고 이동할 겁니다. 그나저나 군용이라 불편할 겁니다."

"괜찮습니다. 한국은 모든 남자들이 군대를 가니까요."

"아! 그렇지요? 그래서 여분의 총을 준비해 달라고 하신 거군요."

"네."

이야기하면서 나간 공항 바깥. 그곳에서 완전무장 한 험비를 본 무태식은 묘한 얼굴이 되었다.

"진짜로 이런 걸 타고 다니네요."

"그럼 가짜겠습니까? 아프리카는 치안이 좋다고 말할 수 없으니까요."

노형진이 만난 사람은 블랙크라운이라는 미국의 유명한 경비 업체의 사람이었다. 그들은 주로 이런 위험지역에서 요인 경호를 담당하고 있었는데, 다행히 남는 인력이 있어서 노형진의 의뢰를 받아들인 것이다.

"일단 여기는 시내라서 무장이 좀 그렇군요. 베이스로 가시지요."

"네."

그의 차를 타고 가는 두 사람. 커다란 험비였지만 두 사람이 더 탄 데다가 서양인들의 덩치가 워낙 커서 꽉 차는 느낌이었다.

"보내 주신 지도는 확인했습니다. 좀 위험한 지역이더군요."

"네, 그래서 여러분들에게 부탁드린 겁니다."

"그런데 이상합니다. 그쪽에서 활동하는 자선사업체에 대한 확인이라고 하셨는데 저희가 아는 바로는 그쪽에서 활동하고 있는 곳이 없거든요."

"그래요?"

"네, 그쪽은 아직 위험지역입니다. 저희도 그쪽으로 이동할 때는 상당히 조심하는데요. 물론 아예 없는 건 아닙니다만 대부분 안전을 위해 무장 병력과 같이 움직입니다. 그러다 보니 어지간한 움직임은 저희 레이더망에 다 걸리는데 한국, 아니 아시아 계열의 자선 단체는 없었습니다."

"흠……."

노형진은 그 말에 작게 신음성을 흘렸다.

'어쩌면…… 일이 커질지도 모르겠는걸.'

지금 노형진이 가는 곳은 그들이 아이들에게 돈을 줬다는 그 지역이다. 그들의 주장이 맞다 해도 주기적으로 의약품과 식량을 전달했어야 하는 지역인 것이다. 그런데 들어가 있는 지원 단체가 없다고?

"확실한 겁니까?"

"네."

하긴 아프리카에서 전쟁으로 먹고사는 사람들이니 위험지역에 대해서는 빠삭하게 알고 있어야 할 것이다.

"저 지역에 유일하게 들어가는 단체는 국경없는의사회뿐입니다. 그나마 그곳은 유명한 곳이어서 반군들이 조심하는데도 상당한 병력이 호위합니다. 미스터 노가 말한 만민구원회나 세계나눔이라는 단체는 처음 들어 봅니다."

세계나눔이라는 곳은 그 만구회라는 곳에서 운영하는 집단으로, 주로 전 세계에서 인도적 지원 업무를 하는 곳이다. 실질적으로 기부받아서 집행하는 곳인 것이다.

"흠……."

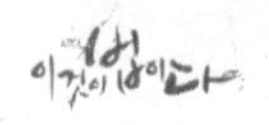

설마라고 예상은 했지만 현지에서 들어 본 이야기는 생각보다 더 큰 문제인 듯했다.

"혹시 그 단체가 어디서 활동하는지 알 수 있겠습니까?"

"네?"

"아무래도 이쪽엔 정보 라인이 없으니까요. 이상한 집단도 아니니 그냥 어디서 활동하는지는 어렵지 않게 알 수 있지 않을까요?"

"어렵지 않은 부탁이군요. 알아봐 드리겠습니다."

"감사합니다."

노형진은 감사의 인사를 건넸다. 그리고 창밖의 사람들을 안타까운 눈빛으로 바라보았다.

⚖

"묵직하군요."

무태식은 방탄복과 P-90 소총을 들고 수류탄까지 장착하고는 질렸다는 얼굴이 되었다.

철컥.

노형진은 익숙하게 방탄복을 입고 탄창을 확인하고 안전장치를 확인한 다음, 몇 번 탄창을 바꿔 끼는 연습을 했다. 아무래도 P-90의 탄창은 한국에서 쓰는 것과 방식이 많이 다르기 때문이다.

"혹시 사격 연습을 해 볼 수 있을까요?"

"그럼요. 뒤쪽에 사격장이 있습니다."

직원의 안내를 받아서 간 노형진은 그곳에서 능숙하게 장탄을 하고 몇 번 빠르게 움직이면서 사격했다. 그걸 본 무태식은 입을 쩍 벌렸다.

"노 변호사님, 현역 출신입니까?"

"당연하죠. 무 변호사님은 아닙니까?"

"아니, 아니…… 병사로 표현하는 게 맞겠네요."

무태식은 법무관 출신이다. 당연히 총을 쏘는 것은 입소할 때만 한 번 그리고 1년에 한 번 정도로 그냥 대충 쏘는 게 다였지, 이렇게 움직이면서 사격하는 식의 제대로 된 훈련은 한 적이 없었다.

하지만 노형진은 이번에는 법무관일지 몰라도 전에는 땅개로 박박 기었기에 하고자 하면 할 정도는 되었다.

"뭐, 전 개인적으로 훈련했다고 치죠."

"도대체 노 변호사님은 못하는 게 뭡니까?"

"하하하."

노형진은 그저 웃고 말았다. 앤슨 역시 놀랍다는 얼굴이 되었다.

"바로 실전에 투입해도 되겠습니다."

물론 자신들보다 훨씬 느리기는 하지만 자신을 어느 정도 엄호할 수 있는 능력이 있어 최소한 발목을 잡을 정도는 아니었던 것이다.

"그에 반해서……."

P-90은 한국에서 쓰는 소총에 비해서 그 길이가 짧은 불펍식 소총이다. 표현하자면 기관단총에 가깝다. 군수용 소총은 어느 정도 백병전을 생각해야 하지만 이건 그냥 사격전만 감안한 것이기 때문이다. 그러다 보니 무태식은 생소한 총을 어떻게 해야 할지 몰라 하고 있었다.

"이분은 오늘 연습을 해야겠군요."

"우우우…… PRI는 하기 싫은데."

"여기는 한국이 아닙니다. 당장 가다가 반군을 만나도 이상할 게 없는 곳이 아프리카입니다. 최소한 엄폐하는 것과 사격하는 법은 배워야 합니다."

확실히 무태식의 사격 실력은 좋다고는 말할 수 없는 수준이었다.

"그럼 수고하십시오."

"너무하십니다, 노 변호사님!"

자신을 두고 안으로 들어가는 노형진을 보고 무태식은 툴툴거렸지만 들어갈 수가 없었다.

"일단 탄창을 채우는 법부터 배우셔야겠군요."

앤슨은 커다란 탄통을 가지고 와서는 떡하니 올려놨다.

"이걸 다 쏘기 전에는 못 들어가십니다."

"히이익."

무태식은 절망했다.

부르릉.

두 대의 험비가 나란히 험난한 길을 달려가고 있었다. 무태식은 그걸 보고 고개를 갸웃했다.

"왜 한 대에 한 명씩 넣지 않죠?"

선두에는 무장한 병력만 타고 있고 자신들이 뒤에 있는 것이 이상한 모양이다.

"아무래도 경호라는 게 뭉쳐 있어야 편하니까요. 그리고 공격받게 되면 선두의 차량이 가장 먼저 집중사격을 받습니다."

"아……."

그래서 일반적으로 이동할 때는 무장한 병력이 선두에 서서 움직이기 마련이다.

"그나저나 이런 곳에 그 아이들이 있을까요?"

"있기를 바라야지요."

1대1 결연이 아니라고 할지라도 일단은 최소한 누군가를 위해서 일하고 있다는 것을 증명할 수 있기를 노형진은 기대하고 있었다.

"전방에 마을이 보입니다!"

드디어 한참을 달려서 도착한 마을. 그곳은 이루 말할 수 없이 허술했다. 나뭇가지로 세운 담벼락. 흙으로 만들어 둔 집. 그리고 여기저기 찢어진 옷을 입고 다니는 아이들.

'도대체 지원금은 어디로 간 거야?'

그들의 말대로라면 최소한 아이들이 정상적인 옷이라도 입고 있어야 정상이다. 하지만 아이들이 입고 있는 옷은 완전히 찢어진 채로 누더기가 되어 있는 상황.

끼익!

무장한 군인들이 내리자 어른들이 우르르 몰려나왔고 아이들은 서둘러서 집 안으로 들어갔다. 그리고 어른들의 손에는 하나같이 AK 소총이 들려 있었다.

"좀 적대적이네요?"

"아프리카니까요."

일단 무장한 사람들이 온 상황에서 방심할 수 없는 게 이 세계니까.

"통역 좀 부탁드립니다."

"알겠습니다."

앤슨은 무전기에 대고 뭐라고 했고 잠시 후 전방의 차에서 한 사람이 내려서 다가왔다. 다른 직원과 다르게 흑인인 걸 보니 통역을 위해서 현지에서 고용한 직원인 모양이었다.

"실례합니다."

"무슨 일입니까? 우리 마을에서는 당신들을 도와줄 게 없습니다."

딱 선을 긋고 다가오는 사람들.

'명백하게 도움을 받아 온 사람들이 아니야.'

외부에 도움을 받아 온 사람이라면 자신들을 환영했을 것이다. 하지만 그들은 자신들을 무척이나 경계하고 있었다.

"그게 아니라 어떤 아이를 찾고 있습니다. 무타라는 아이인데 이 마을 사람이라고 들었거든요."

"무타요?"

"네, 혹시 아십니까?"

"혹시 그 애가 무슨 잘못이라도 한 겁니까?"

"아닙니다. 그냥 확인할 게 있어서 그럽니다."

"잠시만요."

어른 중 한 명이 안으로 들어갔고 잠시 후 열다섯 살쯤 되어 보이는 아이가 함께 나왔다. 그 아이는 누더기가 된 옷을 입은 채로 노형진을 두려운 얼굴로 바라보고 있었다.

"무타?"

"네."

노형진은 가방에서 무타의 사진을 꺼내서 비교해 봤다. 하지만 자신이 봐서는 알아보기 힘들었다. 인종이 다르기 때문이다. 결국 그는 통역에게 부탁할 수밖에 없었다.

"어떤가요?"

"흠…… 동일인 같군요."

다행히 동일인이기는 한 모양이다.

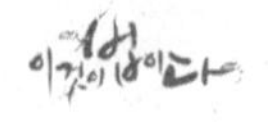

"무타, 우리는 너한테 뭘 물어보려고 온 건데, 혹시 너 다른 나라 사람들이 널 도와주는 걸 알고 있니? 아니면 세계나눔이나 만구회, 또는 만민구원회라는 이름을 알고 있니?"

그러나 무타는 고개를 좌우로 흔들 뿐이었다.

"제가 누군가에게서 받은 건 연필 한 자루가 다인데요?"

"뭐?"

분명 기록에 따르면 무타에게 한 달에 3만 원씩 지원금이 지급되고 있다고 했다. 그런데 고작 연필 하나라니?

"그럼 다른 나라 사람이 널 도와주고 있다는 사실을 모르고 있는 거야?"

"누가 절 도와줘요?"

"그럼 이 사진은 어떤 거니?"

자신의 사진을 보여 주자 무타는 고개를 끄덕거렸다. 여기서는 사진을 찍을 일이 거의 없으니 그때를 기억하고 있었던 것이다.

"이때 사진을 찍고 연필 한 자루를 주고 갔어요."

그 말에 노형진은 욕이 목구멍까지 올라오는 것을 느꼈다.

'이런 개새…….'

첫 번째 마을이지만 꼴을 보아하니 몽땅 이런 것 같았다.

"무타, 그럼 공부는?"

"무슨 공부요?"

"영어 할 줄 몰라?"

"몰라요."

보내온 편지에는 영어 공부를 한다면서 영어로 편지를 써서 보냈다. 그런데 정작 무타는 영어를 할 줄 모른단다.

어쩐지 노형진이 말하면 바로 반응하는 게 아니라 통역하고 나서야 말을 하는 게 이상하다고 생각은 했지만 말이다.

"그럼 이 마을에 게랑이라는 아이도 있습니까?"

"게랑?"

"네."

분명 같은 마을에 사는 여자아이로, 지원 대상자라고 했다. 하지만 그다음에 들려온 말은 더욱 어이가 없었다.

"그 애는 죽은 지 3년이 넘었는데?"

"네?"

순간 이해하지 못하는 노형진이었다. 정식으로 1대1 결연을 맺고 지원한 게 약 2년째이다. 그런데 죽은 지 3년이라니?

"맞아. 3년 전에 말라리아로 죽었어."

"혹시 그 아이가 이 아이인가요?"

그녀의 사진을 내밀자 한 남자가 황급하게 앞으로 나섰다. 그러고는 흔들리는 눈빛으로 그 사진을 바라보았다.

"게랑……."

"……?"

"이해하게. 죽은 게랑의 아버지라네."

"끄응……."

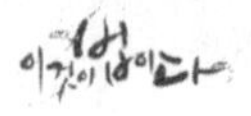

그렇다는 건 이들이 거짓말하고 있지 않다는 뜻이다. 아니, 사실 이들이 거짓말할 이유가 없었다.

"이 사진이 어디서 찍은 건지 알 수 있을까요?"

"음…… 게랑이 찍혀 있다면 그때 그들이 찍은 거겠군."

"그들?"

"한 무리의 사람들이 와서 아이들의 사진을 찍는 조건으로 5달러씩 줬다네."

'헐.'

애초에 아이들의 사진만 찍는 조건으로 5달러를 줬다는 것은 후원하지도 않았다는 뜻이다. 5달러면 5천 원 선. 이들에게는 제법 큰돈이었을 것이다.

"게랑…… 크흑……."

사진을 부여잡고 눈물을 흘리는 남자를 보면서 노형진은 아무런 말도 할 수가 없었다.

"하아, 그 사진을 가지라고 하세요."

"네? 하지만 주요 서류 아닙니까?"

"사본입니다."

이런 곳에 원본을 가지고 올 이유가 없다. 그러니 남자에게 줘도 무방했다.

'그리고 애초에 저걸 보고 어떻게 사진을 돌려 달라고 한단 말이야?'

이런 곳에서 사진관이 있을 리도 없고 누군가 사진을 찍어

둘 리도 없다. 그러니까 죽어 버린 자기 자식을 볼 수 있는 사진은 저 사진이 유일할 게 뻔하다. 그걸 알면서 차마 그 사진을 돌려 달라고 할 수가 없었다.

그러자 몇몇 남자들이 노형진에게 접근했다.

"혹시 우리 아이들의 사진도 있을까요?"

"아이들?"

"그때 사진을 찍어 갔거든요."

이들의 아이들의 이름을 일일이 찾을 수는 없었기에 노형진은 잠시 고민했다. 하지만 얼마 지나지 않아서 그냥 사진을 보여 주는 게 나을 거라는 생각이 들었다.

'애초에 이 꼴인데 이름이 정상이긴 하겠어?'

그렇다면 다른 아이의 사진을 다른 이름을 붙여서 한국으로 보낼 수도 있다. 한국에서는 알 수 있는 방법이 없기 때문이다.

"그럼 사진을 보여 드릴 테니 혹시 아는 사람이 있으면 이야기해 주시기 바랍니다."

노형진은 아예 자리를 잡고 사진을 몽땅 꺼내기 시작했다.

"이런 미친……."

시간상 모든 마을을 다 돌 수는 없다. 하지만 네 개의 마을을 도는 사이에 무려 백스무 명의 아이들이 동원되었다는 것을 알 수 있었다.

그런데 지원받지 못한 건 예사고 아이가 벌써 죽었다거나

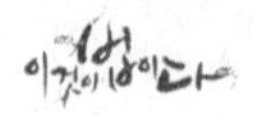

기록에는 다른 마을 사람이라고 되어 있는데 엉뚱한 곳에서 아이가 나타나는 등 도무지 제대로 된 1대1 결연이라고 볼 수 없는 상황이었다.

"심각하군요."

심지어 사정을 들은 앤슨조차 심하게 화낼 정도였다.

미국이라는 나라에서는 아이들의 안전에 대한 문제를 굉장히 심각하게 받아들인다. 미국의 스쿨버스가 장갑차에 버금가는 강도로 별도로 제작되어 영화 속에서 수시로 탈출용으로 사용할 정도로 말이다.

그런데 아이들을 이용해서 돈을 받아 내고 있다니.

"아무래도 여기에 직접 와서 확인할 수는 없으니까요."

사흘간 돌아다닌 결과는 참혹했다. 기부자들이 여기까지 오지 않는다는 점을 악용하여 별짓을 다 한 것이다.

"무슨 종교 단체라는 놈들이……."

"그냥 단체도 아니고 종교 단체입니까?"

"네."

"거참."

앤슨은 기가 막히다는 얼굴이 되었다.

그때 갑자기 한쪽에서 '펑!' 하는 소리와 함께 선두 차량이 급하게 방향을 꺾었다.

"RPG!"

산 쪽에서 한 발이 날아온 것이다. 다행히 제대로 조준되지 않아서 엉뚱한 곳으로 날아갔지만.

"반격해!"

차에서 내린 사람들은 들고 있던 총과 험비에 달린 중기관총으로 그쪽을 향해 사격하기 시작했다.

투타타타탕!

타탕!

사방에서 날아다니는 총알들. 저쪽에서 날아온 총알들이 여기저기로 튕기면서 불꽃을 만들어 내고 있었다.

"으익!"

무태식은 깜짝 놀라서 벌벌 떨었지만 노형진은 차분하게 물었다.

"뭡니까?"

"반군입니다."

"반군?"

"네, 말이 반군이지, 그냥 산적 같은 놈들입니다."

제대로 무장하지도 않은 상황에서 일단 습격하고 본다는 것.

'하긴.'

제대로 된 군대라면 기습 공격한 로켓이 엉뚱한 방향으로 가지는 않았을 것이다.

"하지만 위치가 좋지 않군요."

이쪽은 아래쪽, 저쪽은 위쪽이다. 다행히 로켓이 없는지 안 날아오지만 말이다.

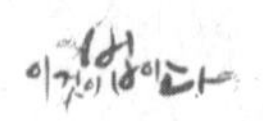

탕탕.

노형진은 기대어 있다가 총소리가 멈추는 순간 재빨리 고개를 내밀고 총소리가 난 쪽으로 사격을 가했다. 맞았는지 안 맞았는지 알 수 없었지만 구경만 할 수는 없었다.

'이거, 쉽지 않겠는걸.'

저쪽 화력은 별거 아닌데 저쪽의 위치가 높다는 게 골칫덩어리였다.

"으아아아!"

무태식은 고개도 내밀지 못한 채 무작정 총만 내밀어 사격을 가했고, 그 결과 순식간에 총알이 떨어져 버렸다.

"무 변호사, 진정해요. 어차피 저쪽도 이쪽에 피해를 못 줍니다."

차량도, 유리도 방탄이다. RPG가 하나 더 있다면 위험할지도 모르지만 사용하지 않는 걸 보니 없는 모양이었다.

"이 상황에서 진정이 됩니까?"

총알이 마구 날아오는 상황에서 말이다.

'진짜 박격포 하나만 있어도.'

이런 상황에서 최고로 좋은 무기는 다름 아닌 박격포. 문제는 험비에 박격포를 싣고 다니지 않는다는 것.

'응?'

그 순간 노형진의 눈에 들어온 것은 벨트였다. 그걸 본 노형진의 머리에 번득이는 아이디어가 생각났다.

최악!

자신의 벨트를 꺼내 든 노형진은 재빨리 수류탄을 꺼내고 안전 클립과 안전핀을 제거하고는 안전 손잡이를 고정시켰다.

"뭐 하려는 겁니까?"

"슬링을 만들어 보려고요."

"슬링?"

"네."

"아!"

수류탄의 안전장치는 3단계로 되어 있다. 첫 번째, 안전 클립. 두 번째, 안전핀. 세 번째, 안전 손잡이. 이 세 가지가 다 풀리지 않으면 터지지 않는다.

"위험한 짓입니다."

"죽는 것보다는 나을걸요."

"그렇기는 하군요."

지금이야 저쪽에 로켓이 없지만 시간을 끌다 보면 누군가 로켓을 가지고 올지도 모른다.

노형진은 그렇게 고정된 수류탄을 불안한 듯 바라보았다.

'설마 중간에 날아가지는 않겠지?'

그렇게 되면 도리어 자신들이 큰 피해를 입게 된다. 하지만 시간을 끌 수는 없는 노릇.

"엄호사격 부탁드립니다."

그 말에 앤슨이 바깥으로 사격해 대기 시작했고 잠시 총알이 날아오는 것이 뜸해졌다. 노형진은 그 틈을 이용하여 벨트를 휭휭 돌리다가 적당한 타이밍에 놔 버렸다.

원심력을 받은 수류탄은 당연하게 더 멀리 날아갔다.

팅!

"엎드려!"

막 날아가는 순간에 안전 손잡이가 튕겨 나가는 게 보였고 노형진은 자신도 모르게 엎드렸다.

안타깝게도 안전 손잡이가 날아가고 나서 약 4~5초 정도 뒤에 터지는 수류탄의 특성상, 목표 지점에 도달하기 전에 터져 버렸지만 다행히 그 파편은 반군 위로 흩뿌려졌다.

쾅!

소리가 들리는 것과 동시에 노형진은 고개를 돌려서 그쪽을 바라보았다. 그와 동시에 사격이 멈췄던 것이다.

"아악!"

그 직후 들리는 건 비명 소리뿐.

"지금이다! 돌격!"

앤슨은 부하들을 이끌고 산으로 돌격했고 그걸 본 노형진은 극도의 긴장감에 털썩 주저앉고 말았다.

"헉헉……."

아무리 훈련했다고 해도 첫 실전의 긴장감은 상상 이상이었다.

그들의 진실

“열 명이라…… 많지는 않군요.”

다행인지 불행인지 양측에서 사망자는 안 나왔다. 수류탄이 터지면서 반군, 아니 산적들 중 일부가 다치기는 했지만 심각한 정도는 아니었다.

그들이 공격을 멈춘 건 수류탄을 보지 못해 박격포 공격이 진행된 줄 알고 납작 엎드린 덕분이었다. 아무리 높은 곳에 있어도 박격포가 있다면 의미가 없기 때문이다.

“이놈들은 어떻게 됩니까?”

“데리고 가서 정부에 넘겨야지요. 처벌은 그쪽에서 할 겁니다.”

“음…….”

아마도 처벌이 작지는 않을 것이다. 하지만 노형진은 그다지 불쌍하지는 않았다. 자신을 죽이려고 덤빈 이상 그 또한 죽을 각오를 하는 게 정상인 탓이다.

"응?"

플라스틱 끈으로 그들을 묶던 현지 직원은 그중 한 명을 보다가 고개를 갸웃했다.

"미스터 노."

"네?"

"혹시 아까 주신 사진 좀 있습니까?"

"사진요?"

"네."

"그건 왜?"

"잠시 확인할 게 있어서요."

노형진은 가방에서 사진첩을 꺼내서 건네줬고 현지 직원은 그걸 가지고 번갈아 보면서 사진을 확인하기 시작했다. 그러다가 그중에서 한 장을 꺼내 들었다.

"이거, 같은 인물 아닙니까?"

"네?"

"어려 보이긴 하지만 확실합니다. 같은 인물입니다."

그가 고른 사진은 이선화가 마지막으로 받은 사진이었다. 많이 컸다고 보내 줬다는 그 사진.

직원은 그것을 들고 표독스러운 눈빛으로 자신을 노려보

는 듯한 아이의 이목구비를 살폈다.

"맞습니다. 동일 인물입니다."

그 말에 어이가 없었다. 설마 반군까지 팔아먹을 거라 생각도 못 했던 것이다.

'도대체 정상적인 게 뭐야?'

"끄응."

무태식은 차를 타면서 신음성을 흘렸다. 얼굴이 파리한 것이 피곤함이 드러나고 있었다.

"왜 그래요?"

"잠이 안 와서요."

"그래요?"

"그 일을 겪고 잠이 올 리가 없지 않습니까?"

"하긴 그럴지도."

지난번 전투 이후에 무태식은 제법 놀란 모습이었다. 피해가 없었다고 하지만 전투는 처음이니까. 그에 반해 어찌 되었건 한번 죽어 본 적이 있는 노형진은 생각보다 쉽게 상황을 받아들이고 있었다.

하지만 그다지 기분이 좋은 것은 아니었기에 그들은 별말 하지 않고 숙소에 누워 있을 뿐이었다.

그때였다.

"미스터 노."

"아, 미스터 앤슨, 어쩐 일이십니까?"

"그들을 찾았습니다."

"그들? 설마? 벌써요?"

"생각보다 시내 안쪽에 있더군요. 그래서 쉽게 찾았습니다. 한번 가 보시겠습니까?"

"당연히 가야지요."

노형진은 그 인간들이 도대체 아프리카까지 와서 무슨 짓을 하고 있는지 궁금했다. 도대체 모금받은 수많은 돈을 어디다 쓴 거란 말인가?

앤슨은 노형진을 데리고 시내로 향했고 그의 말대로 시내 안쪽 안전한 구역의 화려해 보이는 건물로 데려다줬다.

"여기입니다."

주변의 허름한 건물과 다르게 화려하고 크게 지어진 건물.

"그들은 이곳을 만구의 전당이라고 부르더군요."

"만민 구원? 지랄하네."

무태식은 자신도 모르게 욕을 하고 말았다.

"무 변호사."

"틀린 말은 아니잖습니까?"

무태식은 그들이 한 거짓말과 결과를 두 눈으로 너무나도 확실하게 봤기에 좋은 말이 나올 수가 없었다. 자신들이 확인한 아이들의 3분의 1은 죽은 아이들이었던 것이다.

만일 제대로 후원이 이루어졌다면 그 아이들은 죽지 않았을 것이다. 그런데 그들이 말하는 만구의 전당이라는 곳은 무척이나 화려하고 여기저기 돈칠한 흔적이 보였다.

"일단 진정하고 한번 봅시다."

잠시 후 문이 열리면서 한 무리의 사람들이 나왔다.

하지만 노형진은 그걸 보고 눈을 찌푸렸다. 거기서 나오는 사람들은 아무리 봐도 도움이 필요한 사람들이 아니었기 때문이다.

"이상하군요. 옷이 너무 깔끔해요."

"그거야 저쪽에서 옷을 줄 수도 있지 않습니까?"

"그거야 그렇지만 영양 상태는 전혀 다르지 않습니까?"

"그건 그렇군요."

만일 옷만 준 거라고 한다면 거기서 나오는 사람들의 영양 상태가 좋을 수가 없다. 하지만 거기서 나오는 사람들은 뚱뚱하지는 않아도 최소한 못 먹고 못사는 사람들의 상태가 아니었다.

게다가 입구 너머로 제법 화려한 건물 내부가 보였는데, 그 건물의 바깥에는 당장 죽어도 이상하지 않은 거지들이 몰려들어 그 사람들에게 손을 내밀며 구걸하고 있었다.

당연히 무태식은 얼굴을 찌푸렸고, 노형진은 말없이 고개를 저을 수밖에 없었다.

"무척이나 이율배반적인 장면이네요."

"여기가 그곳이라고요?"

"네, 확인해 보면 세계나눔이라는 곳은 자선단체가 아니라 선교 단체로 등록되어 있습니다. 그리고…… 도시 외곽에 거대한 땅을 사 놨군요. 그곳을 강림의 땅이라 부르며 구원자가 역사하실 곳이라고 한답니다."

"끙…… 결국 이거군."

한국에서는 지원 단체로 등록하고 난 후 지원금을 모아 이곳에서의 선교에 쓴다. 모든 단체들은 각국마다 다른 구조를 가지게 되어 있으니 말이다.

결과적으로 한국에서 기부하는 사람들은 좋은 일에 사용하고자 한 생명을 살리기 위해서 기부하는 것이지만, 저들은 그걸 자신들의 살을 찌우기 위해서 사용하는 것만으로도 부족해서 거짓말해 가면서 돈을 계속 뜯어내고 있다는 뜻이었다.

"완전 개놈의 자식들이네!"

무태식은 너무 화가 난 듯 거칠게 말했다.

"노 변호사님, 저기를 보세요!"

"응?"

고개를 돌려 보니 그곳에서 한 남자가 나오고 있었다. 아무리 봐도 이곳의 종교 단체를 이끄는 수장으로 보였는데, 한국인이었다.

그때 한 빼빼 마른 아이가 그에게 다가갔다. 그런데 남자가 갑자기 눈을 팍 찡그리더니 더럽다는 표정으로 그 아이를 발로 팍 차 버리는 것이 아닌가.

그 바람에 아이는 계단 위로 데굴데굴 굴러떨어졌다.

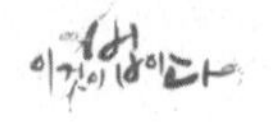

"저런 개자식!"

무태식이 흥분해서 튀어나가려는 걸 노형진은 애써 말렸다.

"무 변호사님, 나가서 화낼 수도 있지만 그러면 재판에 영향을 끼칩니다."

"크흑……."

"그리고 우리가 보고 있다는 걸 알면 저 자식들이 분명 관련 자료들을 몽땅 처리할 겁니다."

"젠장!"

무태식은 거만한 표정으로 주변을 둘러보고 안으로 들어가는 그를 무섭게 노려봤지만 다시 나가려고 하지는 않았다.

"그래서 어쩔 겁니까, 네?"

"일단…… 소송할 수 있겠군요. 하지만…… 증거 자료가 없어요."

정식으로 거래한 것도 아닌데 증인들을 한국으로 불러들일 수는 없다. 그들이 속였다는 증거가 있긴 하지만 확실하게 처벌할 수 있을 정도는 아니다.

"확실하게 하기 위해서는 저들의 내부 사정을 알아내야 하는데요."

"그건 무리 아닐까요?"

"그럴 겁니다."

확인 결과, 저들의 단체에서 일하려면 자신들과 같은 특정 종교를 믿어야 한다. 그것도 면접에서 믿는다고 하는 수준이 아니라 최소한 활동 내역이 5년 이상 된 골수 신자만 일할 수 있게 되어 있다.

'이래서 종교랑 싸우는 건 골 때린다니까.'

종교 집단이라는 곳이 워낙 폐쇄적이기 때문이다.

'이 경우는 내부 정보가 있어야 하는데…….'

노형진은 고민에 빠졌다. 내부 정보가 없다면 어떤 식으로도 고소하기 힘들다. 더군다나 형태로 봐서는 거의 국제적 범죄 조직이라고 봐도 무방했다.

"우와."

그가 그렇게 고민하고 있을 때 사무실 바깥에서 탄성이 터져 나왔다. 노형진은 무슨 일인가 하고 바깥으로 나갔고 그곳에서 방송에 나오는 한 여자를 발견했다.

"졸리나?"

"역시 졸리나야. 죽이네."

혼이 나간 듯 바라보는 남자들. 노형진은 그걸 보고 살짝 놀랐다.

"졸리나가 왜 여기를 온 거래요?"

"직접 만든 사회단체에 지원을 하기 위해서래요."

"아!"

지난번에 말했던 그걸 결국 졸리나가 직접 실행한 모양이다. 하긴 졸리나도 이것과 비슷한 문제로 몇 년 후 고생할 것이다. 그러나 자신이 말해 줌으로써 피할 수 있으리라.

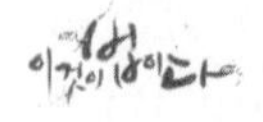

"잠깐……."

노형진은 문득 좋은 생각이 났다. 어쩌면 도움을 받을 수 있을지도 모른다.

"미스터 노!"

졸리나는 깜짝 놀랐다. 다른 사람도 아닌 노형진을 여기서 만나게 될 거라고는 생각도 하지 못했다.

"반갑습니다, 졸리나."

"여기는 어쩐 일이에요?"

"제가 한국에서는 변호사입니다. 그래서 사건 조사차 여기까지 온 겁니다."

"그래요?"

한국에서도 그렇지만 사실 미국도 변호사라고 하면 상당히 성공한 직업으로 인정된다. 물론 돈을 많이 버는 경우에만 그렇다.

"한국에서 무슨 사건이 있는데요?"

"사기입니다. 그래서 조사차 여기까지 온 겁니다."

"범인이 여기로 도망친 모양이죠?"

"아닙니다. 여기가 범행 현장입니다."

"네?"

졸리나는 이상한 표정이 되었다. 자신이 알기로 여기는 가난한 나라다. 그녀가 생각하기에 이 나라는 사기를 치기에 적합한 나라가 아니었다.

"정확하게는 사기의 피해자가 여기에 있다고 표현하는 게 맞겠지요."

"사기의 피해자요?"

"네. 졸리나, 지난번에 만났을 때 해 준 이야기 기억해요? 종교 집단과 함께 자선사업을 하면 좋지 않다고 한 거 말입니다."

그 말에 고개를 끄덕거리는 졸리나.

"비슷한 일이 벌어졌습니다."

"비슷한 일이라니요?"

노형진이 사건에 대해 이야기해 주자 졸리나는 놀라움과 분노를 감추지 못했다.

"사람이 어떻게 그럴 수가……."

"사람이니까요."

자신의 배에 기름을 채우기 위해서 몇 명이 굶어 죽든 신경 쓰지 않는 것이 사람이다.

"단순히 사기라고 할 수도 있지만 이런 식이면 얼마나 더 많은 희생자가 생길지 모릅니다. 사실 주는 사람의 입장에서는 얼마 안 되는 돈입니다만 이곳에서 사람들에게 가는 자선의 수준을 봐서는 사람들의 목숨이 왔다 갔다 하는 돈입니다."

졸리나는 고개를 끄덕였다. 항생제 하나와 영양제 하나로 사람이 죽어 나가는 것이 바로 이 아프리카의 현실이기 때문이다.

"그래서 그들을 막을 생각인데 사실 졸리나의 도움이 필요합니다."

"제 도움요?"

"네, 놈들이 모든 증거들을 감추고 있을 겁니다. 그걸 찾아야 합니다만."

"그거에 제가 할 일이 뭐가 있다고."

"졸리나는 전 세계적으로 자선사업을 하는 사람입니다. 만일 자선을 핑계로 접촉한다면 그쪽에서 거절하지는 않겠지요."

"그렇지요."

"저는 그사이에 증거를 좀 모아 볼까 합니다."

"영화처럼 말이죠?"

"그런가요?"

"재미있겠네요, 영화 같은 현실이라니. 그런데 무슨 특수장비 같은 게 필요한가요?"

"아닙니다. 그건 영화니까요. 제가 알아서 할 수 있습니다. 하지만 졸리나가 그들과 접촉해야 하는데 도와주실 수 있겠습니까?"

졸리나는 잠시 고민하다가 제안을 수락했다. 직접 참가하는 것도 아니고 도움만 주는 거라면 어려운 일은 아니었다.

더군다나 그녀가 보기에도 그런 조직은 다른 아이들의 생명을 지키기 위해서라도 사라져야 한다.

"좋습니다. 미스터 노, 아니 형진 님 말대로 하도록 하지요."

그녀가 모험을 좋아하는 성격인 걸 알고 있는 노형진은 미소를 지었다.

"그럼 간단하게 그들에게 한번 만나 보자고 해 주시겠습니까? 어차피 이곳에서 같이 사업할 파트너를 구하러 오신 거죠?"

"그렇습니다. 하지만 세계나눔이라는 곳은 대상에 없는데요."

"상대방은 그걸 모른다는 걸 잊지 마십시오, 후후후."

졸리나가 연락하자 세계나눔은 바로 환영의 의사를 보냈다. 다른 사람도 아닌 졸리나가 만나자고 한다면 어느 정도 지명이 있어야 가능한 수준인 데다가 졸리나가 함께 일한다는 것만으로도 엄청난 수익이 남을 수도 있기 때문이다.

⚖

"아빠! 아니, 사장님! 근데 이번 기회가 좋은 걸까요?"

"당연하지! 상대방은 졸리나야! 졸리나! 전 세계에서 가장 유명한 스타이자 자선사업가!"

그녀가 도와준다는 사실만으로도 전 세계에 공인된 조직으로서 막대한 돈이 들어올 것이다. 그리고 돈을 관리하는 책임을 자신들이 하게 되는 것이다.

"그렇게 된다면 지금처럼 푼돈으로 아등바등하면서 살 필요가 없다고."

한국에서 받는 작은 돈이 아니라 전 세계적 부호들로부터 수억 달러씩 받을지도 모른다는 생각에 그들은 잔뜩 신나 있었다.

"하지만 왜 우리일까요?"

"이곳에 우리 말고 제대로 활동하는 곳들이 있어?"

"그거야 그렇지만 사실 큰 곳들은 더 많지 않나요?"

말이 구호 사업이지, 포교하고 자신들만의 땅을 사서 일종의 치외법권을 만드는 데에만 신경 쓰고 있으니 말이다.

"그거야 거기가 너무 커서 그런 거지."

"너무 커서 그렇다?"

"그래, 규모가 있으니 아무래도 졸리나가 마음대로 할 수 없잖아. 그러니 자기가 어느 정도 터치할 수 있는 적당한 크기를 찾아보려고 하는 거지."

"아!"

꿈보다 해몽이라고, 자기 마음대로 해석한 직원들은 어떻게 졸리나를 환영해야 하나 고민하기 시작했다.

"일단은 이 주변에 있는 쓰레기들부터 치우도록 하지."

"쓰레기요?"

"거지새끼들 말이야. 중요한 손님이 오는데 거지새끼들이 바글거리면 좋아하겠어?"

"그렇군요."

"돈만 주면 깡패들은 얼마든지 고용할 수 있으니까 애들

고용해서 쫓아내.”

“네!”

직원이 후다닥 튀어나가자, 홀로 남은 다른 직원의 얼굴에 미소가 떠올랐다.

“반갑습니다. 졸리나입니다.”

“어서 오십시오. 만구의 전당에 오신 걸 환영합니다. 저희와 일하고 싶으시다구요?”

“그렇습니다. 저는 이 세계의 발전에 대해서 많은 관심을 가지고 있습니다. 그리고 이곳에서 활동하고 있는 여러분들에게도 말입니다.”

“하하하, 그저 하늘의 부름을 받아서 움직일 뿐이지요.”

“요즘은 그런 분들이 드물지요.”

그들은 자신들이 무슨 상황인지도 모르고 그저 좋다고 웃을 뿐이었다. 어느 정도 시간이 지나자 졸리나는 본격적으로 이야기하기 시작했다.

“저 역시 투자하고 싶지만 서로에게 믿음이 있어야 한다고 생각합니다. 그러니 정확한 사용 내역과 투자처를 알고 싶은데요.”

“그럼요. 알려 드려야지요.”

상대방이 유명인이다 보니 그들은 아무런 의심도 하지 않고 자신들의 사용 내역을 보여 줬다. 물론 그건 다 가짜였다. 졸리나도 그건 알고 있었다. 하지만 최소한 다른 것, 즉 소유를 증명하는 증명서는 진짜였다. 그건 확인할 수 있는 것이기 때문이다.

"알겠습니다. 검토해 보고 연락드리지요."

졸리나가 자리에서 일어나자 벌떡 일어나서 따라오는 사람들.

졸리나는 그들에게 끝까지 예의 바르게 인사하면서 나와 차를 끌고 호텔로 돌아왔다. 그리고 호텔에서 기다리고 있던 노형진과 무태식을 만났다.

"형진, 여기, 형진이 원한 겁니다."

노형진은 그걸 받아 들고 휙휙 넘겼다.

"역시 예상대로군요."

이들의 자금이 가장 많이 사용되는 곳은 다름 아닌 땅을 사는 것. 즉, 일종의 자기들의 구역을 만드는 데에 집중되어 있었다.

"저들은 이곳을 자신들의 영토로 만들고 신자들을 부려 먹으려는 모양입니다."

"흔한 패턴이지."

일정 구역을 사고 그곳에 종교 단체를 만든다. 그리고 신자들을 이주시키고 노예처럼 부려 먹는다. 그게 사이비 종교들에서 흔하게 벌어지는 행동이었다.

"감사합니다, 졸리나. 그런데 이런 행동이 졸리나의 이름을 더럽힌 건 아닌지 모르겠군요."

"별말씀을요. 이런 건 영화에서 수십 번은 해 보잖아요, 호호호. 그리고 사기꾼한테서 돈을 받아 낸 것도 아니고 공식적인 서류 하나 받아 내는 데에 무슨 문제가 있겠습니까? 미국에서 이런 건 문제 축에도 끼지 못해요."

"하하하."

미국의 별명 중에 '소송의 나라'라는 것이 있는 걸 아는 노형진은 어색하게 웃었다. 그만큼 소송이 많은 곳이 미국이다. 그래서 변호사들이 무척 공격적이다.

미국에 있을 때 들은 우스갯소리 중 하나가 천국과 지옥이 소송하면 승자는 지옥이라는 농담이 있다. 변호사들이 죄다 지옥에 있기 때문이란다.

"지난번에 절 도와줬으니 이 정도는 당연한 거지요."

졸리나는 서류를 넘겨주고 자리에서 일어났다. 일거수일투족을 관심 받는 그녀이니 남자들과 오래 있어서 좋을 게 없다.

"그럼 나중에 뵙도록 하죠. 쪼옥."

손으로 키스를 날리면서 멀어지는 졸리나. 노형진은 그녀를 보다가 고개를 옆으로 돌리고는 고개를 절레절레 흔들었다.

"이봐요! 무태식 변호사!"

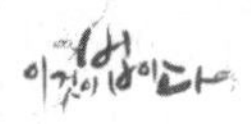

"네? 으헉!"

거의 혼이 나간 듯 서 있던 무태식은 노형진의 부름에 깜짝 놀랐다.

"뭐하는 겁니까?"

"그, 그게…… 그냥…… 하하하하, 크네요."

"그렇지요."

뭐라고 말을 하지 못하는 무태식이었다.

"자, 이제 한국으로 갈 시간입니다."

⚖

"글쎄 말입니다, 반군이 마구 기관총을 갈기는데 노 변호사님이……."

뻥의 최고봉은 누가 뭐래도 강태공이라고 하더니 아무리 봐도 강태공보다 더 큰 뻥이 있기는 한 모양이다.

'전차는 안 나오냐? 이그.'

무태식의 이야기 속에서 노형진과 무태식은 반군의 폭격 속을 뛰어다니며 적들을 격멸하는 영웅이 되어 있었다. 물론 노형진은 그저 웃고 말았지만.

"노 변호사님, 손님이 오셨습니다."

"아! 무 변호사, 오셨답니다."

"아, 그래요?"

드디어 오늘은 소송 당사자들을 만나는 날이다. 모든 자료를 보여 주고 소송을 진행할지 결정해야 하기 때문이다.

"어서 오십시오."

안으로 들어오는 이선화를 비롯한 네 명의 사람들.

"우리가 꼭 알아야 하는 사실이 있다고요?"

"네."

그들이 의자에 앉자, 잠시 후 여직원이 커피를 가져다주었다. 노형진은 자신이 확인한 사실들과 증거로 쓸 사진들 그리고 인터뷰 등을 그들에게 보여 줬다.

"결과적으로 여러분들이 내신 돈들은 대부분 만구회와 세계나눔이라는 곳에서 착복했습니다."

"헉!"

대부분이라는 말에 깜짝 놀라는 사람들.

"여기서 알아본 것은 극히 단편적인 부분이더군요. 여러분들이 기부한 대부분의 돈은 대부분 포교 활동에 들어갔습니다. 정확하게는 포교 활동과 해당 지역의 땅을 사는 데에 들어가고 있습니다. 일종의 종교 구역을 만들기 위해서 노력 중이더군요. 그리고 이를 위해 해당 지역의 정치인과 고위 관료에게 상당 부분의 뇌물이 들어간 것으로 보입니다. 더군다나 여러분들의 일은 극히 일부더군요. 만구회에서 여러분들에게 돈을 받은 것뿐만 아니라 아프리카 투자라는 명목으로 여기저기서 투자를 받아 착복한 흔적도 찾았습니다."

"……!"

심지어 뇌물로도 쓰였다는 말에 그들은 깜짝 놀랐다. 더군다나 개별적으로 투자까지 받았단다. 이건 실질적으로 기업으로 운영했다는 소리다.

"그러므로 소송할 수는 있습니다. 하지만 이건 종교 문제이기에 재판부가 심각하게 저쪽의 편을 들어 줄 거라는 점은 감안하셔야 합니다. 한국은 전통적으로 분쟁이 발생하는 경우, 종교의 편을 들어 주는 성향이 강합니다. 저쪽에서는 분명 종교의 자유를 들고 나오면서 종교 탄압이라는 주장을 할 테니까요."

"그럼 이기지는 못한다는 건가요?"

"확신은 못 하겠습니다. 그리고 이 부분은 예상하셔야 합니다. 만일 소송전이 시작되면 종교 집단으로부터 테러당할 수도 있습니다."

"테러?"

"네, 물론 총을 쏘거나 폭탄을 터트리지는 않겠지만 몰려와서 깽판을 치거나 돌을 던지고 도망치는 등의 행위가 동반될 겁니다."

"그 정도인가요?"

"종교니까요. 종교에 빠진 사람들처럼 극단적인 존재는 없습니다. 더군다나 이 종교의 경우 자신들을 믿지 않으면 이단이라고 표현하기까지 하더군요. 실질적으로 이걸 믿는 사람들은 심각한 광신도일 겁니다."

"……."

"돈이 아깝기는 하지만…… 제 의견은 여러분들의 안전을 위해 소송은 포기하는 것이 맞다는 겁니다."

노형진은 거짓말은 하지 않기로 했다. 다른 변호사들이라면 막대한 소송비가 달려 있으니 어떻게 해서든 소송하겠다고 할 것이다. 하지만 종교 단체와 관련하여 소송에 들어가면 무조건 등장하는 것이 바로 광신도들의 테러 행위다.

"다른 변호사한테서는 그런 얘기 못 들었는데요."

"그들이야 어차피 상관없는 일이니까요."

일단 소송이 시작되면 돈은 받도록 되어 있으니까.

"어쩌지?"

"억울하기는 하지만……."

웅성거리는 사람들. 다른 건 몰라도 테러라는 건 조심해야 하는 것이 맞다.

그런데 이선화는 노형진을 똑바로 바라보았다.

"노 변호사님."

"네?"

"그걸 막을 수 있는 방법은 없습니까?"

"무슨 말씀이신지?"

"지금과 같은 상황에는 노 변호사님의 말씀대로 물러나는 게 맞겠지요. 하지만 그렇게 된다면 이후에도 더 많은 사람들이 그들에게 사기당할 테니 결과적으로 그 돈으로 목숨을 살릴 수 있었던 아이들이 죽게 됩니다. 지난번 사건 이후에 여기저기 알아보니 노 변호사님에 대해서 이런 말이 있더군요. 어떻게 해서든 길을 만드는 분이라고요."

"음……."

"원하신다면 돈은 얼마든지 더 드리겠습니다. 전 이 자리에 올라오기까지 수많은 고생을 했습니다. 하지만 제가 잘나서 여기까지 왔다고 생각하지는 않습니다. 누군가 절 보이지 않는 곳에서 도와준 거라고 믿지요. 그리고 절 도와준 이유가 누군가를 구하라는 의미라고 생각하는 사람입니다."

이선화는 결심한 모양이었다. 사실 부자라고 하는 인간 중에서 이렇게 바른 경우는 드물기에 노형진은 살짝 고민했다.

"사실 방법이 없는 건 아닙니다만……."

"그런가요?"

이선화는 주변에 있는 사람들을 돌아보았다. 하겠냐고 물어보는 행동이었다. 주변 사람들은 잠시 고민하다가 결정을 내렸다.

"언니는. 언니가 그런 식으로 말하면 어떻게 발을 빼요?"

"맞아요."

"방법이 없다면 모를까 있다면 당연히 해야지요."

'이런, 이런.'

노형진은 그들이 마음을 굳힌 걸 알았다. 그렇다면 자신이 무슨 수를 써서라도 이들을 보호할 핑계를 만들어 내야 한다.

"하겠습니다."

이선화가 최종적으로 결정하자 노형진은 고개를 끄덕였다.

"그럼 바로 재판을 시작하도록 하겠습니다."

⚖

"이건 생각지도 못했는데?"

재판이 시작되자마자 노형진은 깜짝 놀랐다. 사방에서 압력성 전화가 오기 시작한 것이다.

"우리나라는 종교의 자유가 있는 나라야. 알아?"

"처벌받고 싶어서 환장했지?"

"법대로 하고 싶어? 엉?"

한두 곳도 아니고 여러 곳에서 온다. 세무서에서부터 국세청, 법원, 심지어 선관위까지, 한국에 있는 모든 국가기관에서 온다는 느낌이 들 정도다.

"종교 단체라고 해도 너무 이상한데?"

아무리 종교 단체가 한국에서 일종의 성역으로 취급되어 조사도 감사도 하지 못하는 존재라지만, 한두 곳도 아니고 사방에서 압박이 들어오는 것은 여전히 이상했다.

더군다나 얼마 전 들어온 제보도 영 꺼림칙했다.

"압력이라……."

노형진은 그곳에서 모은 증거를 기반으로 형사소송을 진행했다. 그런데 얼마 전 담당 경찰에게 소송을 취하해 줄 수 있느냐는 부탁을 받았다. 위에서 넣는 압력이 너무 강하다는 것이다.

"도대체 그 만구회라는 곳이 어떤 곳이기에……."

처음에는 그저 그런 사이비 종교라고 생각했다. 그런데 엄청난 압력 때문에 수사조차 진행되지 않을 정도라면 생각보다 큰 곳이라는 뜻이다.

"잘못 건드린 거 아냐?"

심지어 송정한조차 질려 버린 듯한 얼굴이 되었다. 어떻게 알았는지 회사 전화번호뿐만 아니라 대표인 송정한의 개인 전화로도 협박이 날아오기 시작했던 것이다. 심지어 가족들에게도 말이다.

"도대체 내 건 둘째 치고 가족들 전화번호는 어떻게 알아낸 거지?"

"아마도 정부에서 줬겠지요."

"설마?"

"농담이 아닙니다. 지금 사방에서 몰려드는 압력을 생각해 보면 그렇게 판단하는 게 맞을 겁니다."

"젠장."

송정한은 걱정스러운 얼굴이 되었다.

그때였다.

따르릉.

"여보세요?"

무태식 변호사의 전화번호가 떠 있기에 무심결에 받아 든 노형진.

"아, 노 변호사님."

"무 변호사님, 안 오고 뭐하십니까? 오늘 회의잖습니까?"

"그게…… 병원입니다."

"병원?"

"사실은…… 습격당했습니다."

"습격!"

습격이라는 말에 노형진은 깜짝 놀라서 벌떡 일어났고 송정한 역시 경악스러운 얼굴이 되었다.

"습격이라니! 누구 짓입니까?"

"모르겠습니다. 다행히 크게 다치지는 않았습니다만…… 좀 의심스러운 말을 하고 갔습니다."

"뭐가 의심스럽다?"

모르겠다고 하면서도 의심스럽다고 말한다는 것은 대충 감이 잡히는 대상이라는 뜻이다.

"그들입니까?"

"네."

말은 하지 않았지만 누군지는 뻔하다. 이렇게 조직적으로 사람을 습격할 곳은 한 곳뿐이기 때문이다.

"만구회."

"그런 것 같습니다."

이쯤되면 심각한 문제가 아닐 수 없다.

"알겠습니다. 일단 회의가 중요한 게 아니겠군요. 그쪽으로 바로 가겠습니다."

"그래 주시면 감사하죠. 그나저나 민 변호사님한테 사건을 맡기지 않기를 잘했습니다."

"으음……."

원래 민시아 변호사는 아프리카에 한번 가 보고 싶다면서 꼭 시켜 달라고 했다. 그러나 안전에 대한 찝찝함 때문에 그녀의 부탁을 거절하고 무태식을 넣었는데 그게 말 그대로 신의 한 수나 마찬가지인 상황이 된 것이다. 안 그랬다면 더 끔찍한 일이 벌어졌을지도 모른다.

무태식은 산적처럼 생긴 데다가 어느 정도 운동해서 피해를 더 줄이는 것이 가능하기 때문이다.

"바로 가도록 하지요."

노형진이 전화를 끊고 일어나자 송정한은 얼굴을 찌푸렸다.

"이거 심각한 문제인데? 이렇게 극단적으로 나올 거라고는 생각도 못 했어."

"아무래도 종교에 빠진 광신도들은 대책이 서지 않으니까요."

광신이라는 것은 자신의 목숨마저도 도외시하게 만든다. 그렇기에 노형진이 종교가 대상이라는 말을 들었을 때 부담을 느낀 것이다.

사실 대부분의 경험 있는 변호사들이라면 부담을 느끼지 않을 수 없으리라.

"일단…… 병원으로 가서 무태식 변호사의 상태부터 확인하죠. 회의는 나중에 하는 게 좋겠습니다."

"그러지."

"그리고 고문학 팀장님한테 부탁해서 제대로 알아보는 게 좋겠습니다. 저들의 공격이 이 정도로 끝나지 않을 것 같다는 느낌이 듭니다."

그 말에 송정한은 고개를 끄덕였다. 어쩌면 일이 더 커질지도 모른다.

"만구파가 맞는 듯합니다."

일주일 뒤.

회의 시간에 고문학은 자신이 알아낸 것을 차근차근 말하기 시작했다.

"만민구원파의 회장은 성만구입니다."

"뭐야? 만민구원파여서 만구파 아니었어?"

"두 가지 다 됩니다. 만민구원파라는 이름도 맞지만 실질적으로 종교라는 이름으로 운영되는 성만구의 사병 조직이라고 봐도 무방할 정도더군요."

"끄응……."

대놓고 사병 조직이라고 할 정도면 그 교리는 극단적일 가능성이 높다. 아니나 다를까.

"교리는 만구가 하느님의 지명을 받은 유일한 구원자라는 식이며 그가 허락한 자만 천당에 들어갈 수 있다고 합니다."

"사이비 종교들은 다 그렇게 말하니까 그건 넘어가죠."

그 말을 들은 고문학은 바로 다음 페이지로 넘겼다.

"만구파는 기본적으로 종교 시설이기 때문에 정부의 터치를 받지 않습니다. 또한 세금도 내지 않습니다. 해외 자선단체로 활동하고 있지만 몇 개 기업에서 투자받으면서 활동하고 있는 것도 확인했습니다."

그건 졸리나가 구해 준 서류에서도 확인할 수 있었다. 말이 종교 단체지, 실제로는 광신도 집단 같은 곳이었다.

"그리고 이번에 벌어지는 사태의 중심에는 두 집단이 연관되어 있습니다. 하나는 청계입니다."

"또야?"

"아니, 우리랑 원수라도 진 겁니까?"

청계라는 이름이 나오자 민시아와 무태식도 어이없다는 듯 외쳤다. 하지만 노형진은 그럴 거라는 생각을 했다.

"예상은 했습니다."

"예상하다니요?"

"그런 일이 있습니다."

미래에도 큰 문제가 터졌을 때. 만구파의 신도들은 정부와 척을 지고 조직적으로 군사 활동에 준하는 행동을 하면서 수사를 방해했다. 그들의 광신적 행동은 어떻게 막을 수 있는 수준이 아니었다.

그런데 그 당시에 만구파의 편에 서서 그들을 옹호하고 변호했던 곳은 다름 아닌 청계였다.

'어쩌면…… 청계와 밀접한 관련이 있는 곳일지도 모르지.'

사실 만구파는 다른 사이비 종교들처럼 기세가 확 꺾인 적이 있었다. 문제는 그렇게 만구파가 몰락하다가 갑자기 정부의 지원까지 받아 가면서 급성장했다는 것이다. 그런데 그때가 청계가 생긴 지 얼마 지나지 않은 때의 일이었다. 그래서 그들의 사세 확장에 청계가 관련되어 있을 가능성이 높다고 생각한 것이다.

"다른 한 곳은 만구키드라는 곳입니다."

"만구키드?"

"뭐하는 곳이야? 고아원이야?"

다른 사람들이 고개를 갸웃했다.

"그랬으면 좋겠지요."

그 말에 고문학은 살짝 놀랐다.

"그들을 아십니까?"

"조금은요."

"그럼 다른 분들은 모르시는 것 같으니 제가 설명해 드리죠."

만구키드는 만구파에서 돈을 받아서 공부한 작자들을 말한다. 그들은 철저하게 만구파의 신도여야 하며 부모 역시 신도여야 한다.

"그들은 내부적으로 성골이라 불리며 만구파를 유지하는 가장 큰 기둥입니다."

"애들을 가르치는 게 나쁜 건 아니잖습니까?"

"여기서 말하는 애들은 진짜 애들이 아닙니다."

표현만 그렇게 할 뿐, 실질적으로 어느 정도 자랐거나 사회생활을 하는 아이들이다.

그리고 장학금이란 진짜로 공부하는 데에 주는 돈이 아니라 사회에 나간 후 요직을 차지하기 위해서 사용되는 뇌물이다. 즉, 자신들의 충성스러운 신도를 사회 요직에 뇌물을 써서 심어 둠으로써 자신들을 보호한다는 것.

"아마 그걸 도와주는 곳이 청계겠지."

"그럴 거라 생각합니다. 그리고 우리에게 전화한 각 부처의 사람들도 그 만구키드라는 작자들일 가능성이 높습니다."

"그렇게 많다고?"

진짜 어지간한 국가 단체에서는 다 왔다고 느껴질 정도로 압력이 많이 왔는데 그게 다 만구키드라니.

"물론 그건 비공식적인 겁니다. 해당 정부 부서에서 공식적으로 압력을 넣을 리가 없으니까요. 그러나 주요 위치에 만구키드가 자리를 잡고 있는 것은 확실합니다."

"청계가 손댄 거라면…… 상당히 공을 들였겠군요."

"맞습니다."

다른 사건들은 법을 이용해서 남을 등쳐 먹는 걸 도와주는 것이지만 이건 실질적으로 정부의 내부 조직을 장악하는 행동이다. 그러니 이것은 궁극적으로 정부를 통제할 생각을 하고 있는 청계에는 절호의 기회라고 할 수 있다. 아마도 시기나 사건의 흐름상, 청계는 법인을 설립한 이래로 지속적으로 만구와 선을 만들어 놨을 가능성이 높다.

"무태식 변호사의 습격 사건도 진행되지 않고 있습니다."

"그래요?"

"네, 현재 서초 경찰서장이 만구키드로 분류되는 사람입니다."

"끄응."

무태식 변호사는 습격당했지만 저항했고 그 과정에서 상대방의 피나 찢어진 옷 등 제법 많은 흔적이 남겨졌다. 납치를 시도한 모양이지만 무태식을 제압하지 못해 폭행으로 끝난 것이다.

"그런데도 불구하고 진행된 게 없다?"

"네, 내부 정보원에 따르면 경찰서장이 차단하고 있다고 하더군요."

"고작 서초 경찰서장 백으로 됩니까, 그게?"

"서울 경찰청 차장도 만구키드로 분류되는 사람입니다."

"칫."

말 그대로 요소요소에 자신들의 사람을 박아 놨다는 뜻이다.

"우리는 그렇다고 해도…… 그럼 고소 당사자들은 어떻습니까?"

어느 정도 반발이 있을 거라고 예상해서 경고는 해 줬지만 이건 생각보다 훨씬 위험했다.

"지속적인 협박에 시달리고 있다고 합니다."

"역시……."

자신들까지 공격하는 놈들이 원고들을 그냥 둘 리가 없다.

"방법을 찾아봐야 합니다."

고문학은 걱정스럽게 말했다. 그가 봤을 때 그들의 목표는 사건 자체를 확실하게 뒤집어 버리는 것.

"이대로는 불리합니다. 몇몇 고소인들은 벌써 그만두고 싶어 하고 있습니다."

"끄응……."

노형진은 신음 소리를 낼 수밖에 없었다.

"제가 한번 알아보겠습니다. 그들을 막을 수 있는 방법이 있기를 바라야지요."

"있겠습니까?"

"물론이죠."

그가 알기로 만구파는 상당히 극단적인 방식을 선호한다.

그리고 그걸 잘만 이용하면 상황을 바꿀 수 있을지도 모른다.

⚖

끼이이익.

문이 열리는 건물.

그 안에 들어간 노형진은 자연스럽게 가장 앞으로 향했다. 그리고 단상의 초에 불을 붙였다.

'분위기가 좋지 않군.'

만구파는 공식적으로 종교이기에 사람들의 출입을 막지는 않지만, 그렇다고 해서 사람들의 시선이 우호적인 것은 아니었다.

그럼에도 노형진은 마치 신도인 것처럼 그들의 예식 규범에 맞춰서 행동했고, 결국 그런 노형진을 바라보던 사람들은 금방 관심을 잃어버렸다. 숫자가 많다 보니 아무래도 모든 신도들의 얼굴을 아는 것이 아니었던 탓이다.

'슬슬 움직일 때가 되었는데.'

극단적 협박의 강도가 점점 더 심해졌다. 하지만 노형진은 조금만 참아 달라면서 그들을 방치했다. 이들이 어떻게 움직일지 어느 정도 알고 있었기 때문이다.

문제는 이들이 언제 움직이는 건지는 모른다는 것. 그래서 노형진이 위험을 무릅쓰고 여기까지 온 것이다.

'흠.'

노형진은 가장 앞에 있는 자리에 앉아서 기도하는 척 자세를 잡았다. 그리고 그 자리에 앉아서 천천히 기억을 읽기 시작했다.

'이런 건 생각도 못 했을 거다.'

설마 소송 당사자가 직접 들어올 거라 생각하지 못한 그들이 방심한 덕분에 노형진은 그 안에서 안전하게 기억을 읽을 수 있었다.

어둡고 컴컴한 밤.

건물 안에는 수많은 사람들이 모여 있었다.

"저 사탄을 물리쳐야 합니다!"

해당 종교 시설. 그 안에서 사람들은 광분하고 있었다. 그들은 이번 사태가 사탄의 앞잡이들이 벌인 일이니 목숨을 바쳐서라도 해결해야 한다며 흥분했다.

'흠…… 역시 참가자가 있었군.'

노형진이 맨 앞자리로 온 이유는 광신도라면 이런 비밀 내용을 듣기 위해 맨 앞으로 올 거라 생각했기 때문이다.

아니나 다를까, 광신도들은 주최자의 말을 듣기 위해서 가장 앞에 자리를 잡고 앉았고, 그 덕분에 주최자가 뭐라고 하는지 알아내는 것이 어렵지 않았다.

"벌써 몇 번이나 말했지만 그들은 들어 먹질 않습니다! 사탄에게 영혼을 빼앗긴 겁니다!"

주최자는 이번 소송에 참가한 사람들을 박멸해야 한다면서 광분하고 있었고, 광신의 상태에 있던 그들은 마치 그 말이 진리인 것처럼 느끼고 있었다.

'말 진짜 잘하네.'

기억을 읽고 있던 노형진도 깜빡 넘어갈 만큼 주최자는 말발로 사람들을 선동하고 있었다.

"이대로는 우리의 말을 듣지 않을 겁니다! 악마에게는 그에 어울리는 방법으로 대응해야 합니다!"

"옳소!"

"맞소!"

"행동해야 합니다! 격멸해야 합니다! 처죽여야 합니다!"

광분하는 사람들. 어느 정도 사람들이 흥분한 듯하자 주최자는 본격적으로 이야기하기 시작했다.

"그러니 우리가 본격적으로 위력을 보여 줘야 한다고 생각합니다! 그동안 우리는 너무 말로만 했습니다! 우리 신의 힘을 보여 줘야 사탄들을 갱생시킬 수 있습니다!"

문제는 그 신의 힘이라는 걸 어떻게 보여 주냐는 것.

그리고 그가 꺼내 든 걸 본 노형진은 기겁했다. 하마터면 너무 놀라서 사이코 메트리가 끊어질 뻔하기까지 했다.

'이 새끼들이 제대로 미쳤구나.'

주최자의 손에 들린 것은 다름 아닌 화염병이었다.

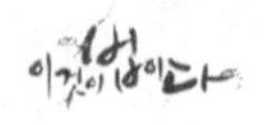

"신의 불로 악마를 정화해야 합니다."

쉽게 말해서 화염병을 던져 방화하겠다는 건데, 이건 사람을 죽이겠다는 소리와 다름없다. 이태원은 오래된 지역이라 제대로 된 대피로나 안전장치가 없기 때문이다.

"동참하십시오! 악마를 정화합시다!"

"정화합시다!"

"정화! 정화!"

"불로 징벌을!"

"징벌! 징벌!"

필요한 정보를 모두 얻은 노형진은 사이코메트리를 끝내고 서둘러 나왔다.

⚖

"미군을 위한 행사요?"

"네."

"아니, 왜요?"

"내부 정보원이 정보를 줬습니다. 그날 대대적인 습격이 있을 겁니다."

"네?"

이선화의 얼굴이 딱딱하게 굳어졌다. 지금도 협박성 전화 때문에 죽을 맛이다. 얼마 전에는 담당 변호사 중 한 명이 습격당했다는 소리도 들었다.

그런데 대대적인 습격이라니?

"가게를 닫아야 하는 거 아닌가요?"

"아닙니다. 지금 가게를 닫으면 그 녀석들은 그냥 다른 날에 다시 공격해 올 겁니다. 이참에 박멸해야 합니다. 전에 말씀드렸다시피 광신도들이라 말이 통하지 않습니다."

"그런데 뭔 수로요?"

"제가 시키는 대로 하시면 됩니다. 일단 그날 미군들을 위해 위문 행사를 한다고 하세요. 음…… 공짜라고 하면 되겠네요."

"왜요?"

"이참에 정부도 이쪽으로 돌리려고 생각 중입니다."

"정부요?"

"네, 이 세상에서 정부가 가장 싫어하는 게 뭔지 아시지 않습니까?"

"……?"

"하하하, 그런 게 있습니다. 그러니 여러분은 제가 시키는 대로 하시면 됩니다."

노형진은 그다음 날부터 평소처럼 활동했다. 일하고 사건을 정리하고 재판에 나가고. 워낙 평온하게 움직이는 바람에 도리어 무태식 변호사가 걱정할 정도였다.

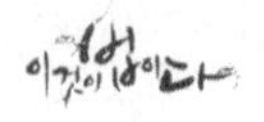

"노 변호사님, 피해가 커지고 있다는데……."

"걱정하지 마세요. 제가 알아서 할게요."

"하지만……."

"주한 미군이 우리를 지켜 줄 테니까 걱정하지 마세요."

"엥?"

뜬금없는 주한 미군 타령에 무태식이 고개를 갸웃했지만 노형진은 더 이상 말하지 않았다. 이런 일은 아는 사람이 많아 봐야 좋을 게 없다.

그리고 드디어 당일 저녁.

노형진은 조용한 곳에 가서 공중전화를 들었다. 이 근처에 카메라도 아무것도 없다는 걸 확인한 상태였다.

"주한 미군 사령부입니다."

노형진은 수화기를 통해 흘러나오는 영어를 듣고는 제대로 전화했다는 사실에 살짝 안도의 한숨을 내쉬면서 입을 열었다.

"테러 경고를 하려고 합니다."

"뭐라고요? 잠시만요! 테러라니요!"

"시간이 없습니다, 쫓기고 있어서. 오늘 저녁 12시경에 광신도 집단이 이태원에서 주한 미군에 대한 테러를 감행할 예정입니다."

"누구십니까? 신분을 밝히세요."

"시간이 없습니다. 제가 추적당하는 중이라…… 젠장!"

통화가 길어지면 전화번호를 추적당할 것이라는 사실을 알고 있었던 노형진은 다급한 척하면서 잽싸게 전화를 끊었다.

"자, 이제 슬슬 구경이나 가 볼까?"

몇 시간 뒤, 노형진이 이태원에 갔을 때 이태원에는 말 그대로 군인들이 바글거리고 있었다. 음식을 공짜로 주는 주한 미군 감사 행사라는 말에 주한 미군들이 몰려나왔기 때문이다.

그리고 한쪽에서는 다른 이유로 미군들이 바글거렸다.

'역시나.'

노형진이 제보를 미리 하지 않은 데에는 다 이유가 있었다.

미리 제보하게 되면 주한 미군은 병사들을 통제하려고 할 것이다. 하지만 사건이 일어나기 일보 직전에 제보하면 통제하는 데에 한계가 있기 마련이다.

미군이 세상에서 가장 싫어하고 신경을 쓰는 게 뭔가? 다름 아닌 테러다. 특히 9.11 사태 이후에는 테러라고 하면 거의 경기를 일으킬 정도였다.

아니나 다를까, 노형진의 제보를 받은 주한 미군은 너무 늦어서 전 미군을 통제할 수 없게 되자 가용할 수 있는 병력을 죄다 보내서 이태원을 순찰하기 시작했다.

'멋지군.'

한쪽에서는 술에 취해서 흥청거리는 미군들이, 한쪽에서는 잔뜩 경계한 미군들이 서로 상반된 얼굴로 돌아다니는 것이 여기저기서 보이고 있었다.

'이제 슬슬 올 때가 된 것 같은데.'

그들은 백 단위가 몰려와서 이번 사건의 주동자급인 이선화의 식당을 불태울 계획을 짜고 있었다. 그러면 다른 사람들은 겁먹고 물러날 거라 생각했다.

'저기 오는군.'

저 멀리 보이는 한 무리의 차량들. 그 차에서 내리는 사람들은 하나같이 순국선열이라도 되는 양 자아도취 한 표정으로 차에서 내리더니 한곳에 뭉쳐서 천천히 움직이기 시작했다. 그러나…….

"어?"

"왜 이래?"

이태원에 도착한 그들은 깜짝 놀랐다. 이 시간이면 사람이 그리 많지 않아야 정상인데 이태원에 사람들이 가득했기 때문이다. 물론 대부분 공짜 음식에 정신이 팔린 주한 미군이었다.

"어쩌죠?"

"음……."

아무리 그들이라고 해도 이렇게 많은 사람들이 있는 곳에서 범죄를 저지르고 도망갈 방법이 없었다.

"오늘은 날이 아닌가 봅니다. 나중을 기약합시다."

선동하던 녀석들은 결국 분위기를 살피다가 몸을 돌렸다.

'누가 보내 줄 줄 알고?'

애초에 노형진이 이선화에게 오늘 행사를 하라고 한 것은 주한 미군을 불러내서 그들이 물러나게 하려고 한 게 아니었다. 그래 봤자 다른 날에 오면 의미가 없으니까.

그는 그들 사이를 슬쩍 지나가다가 크게 외쳤다.

"몰로토브다!"

그러고는 후다닥 도망가 버렸다. 그게 뭔 뜻인지 모르는 광신도들은 멍하니 도망치는 노형진을 바라봤지만 그 말을 들은 헌병들과 순찰 중이던 미군들은 잔뜩 긴장한 얼굴로 그들에게 천천히 다가갔다.

'젠장…… 테러가 아니라 공격이잖아?'

테러 제보가 있다고 해서 순찰하러 왔더니 모여 있는 사람들은 족히 백 명은 넘어 보이는 숫자다. 이래서야 테러가 아닌 공격이라고 봐야 할 정도다.

더군다나 그들의 손에는 하나같이 가방이 들려 있었는데 그 안이 보이지 않았다. 하지만 방금 누군가 외친 그 말은 모두가 경계하는 데에 의심의 여지가 없게 만들었다.

몰로토브. 정확하게는 몰로토브 칵테일.

즉, 화염병이라는 뜻이다.

"스톱."

결국 권총 주머니에 손을 올리고 그들을 세우는 헌병들.

“잠시 검문 좀 하겠습니다.”

“뭐요?”

어눌한 한국말에 선동하던 사람은 당황했다. 갑자기 주한 미군이 자신을 잡아 세운 것이다.

“그 안에 있는 게 뭡니까?”

“이건…… 내 개인적인 짐이오.”

“그 안을 좀 볼 수 있을까요?”

“…….”

보여 줄 수 있을 리가 없다. 그 안에는 화염병이 들어 있으니까.

“싫소.”

그가 거부하자 헌병은 더욱 분위기가 흉흉해졌다.

“봐야겠습니다.”

“주한 미군이라고 해도 이래도 되는 거요? 영장도 없이? 우리는 가야겠소!”

다짜고짜 뚫고 지나가려는 사람들.

헌병들 역시 영장이 없어 강제로 잡을 수도 없는 상황이었다. 그러나 어딜 가나 세상에는 미친놈들이 있기 마련이다.

“이 쌰아앙!”

한 남자. 그는 오늘 용기를 내기 위해 상당한 양의 술을 먹고 왔다. 그런데 제대로 처단도 못 하고 돌아간다고 하니 짜증이 났다. 바로 그때 헌병이 안을 확인하자며 달라붙었다. 그러자 그는 헌병을 향해 짜증 나는 마음에 들고 있던 쇼핑백을 휘둘렀다.

"꺼지라고!"

"억!"

기습적인 공격에 맞아서 쓰러지는 헌병. 하지만 헌병은 자신이 맞아서 쓰러졌다는 사실보다 그 이후에 드러난 사실에 더 경악했다.

헬멧에 뭔가가 부딪쳐 깨지는 소리가 났는데 그 직후에 쓰러진 자신의 몸에서 지독한 휘발유의 냄새가 풍겨 왔던 것이다.

그리고 뭔가가 뚝뚝 흘러내리는 쇼핑백과 거기서 풍기는 알싸한 휘발유의 향기.

"테러범이다!"

그는 확신하고 외쳤다. 그게 아니라면 휘발유 병을 가방에 넣어 가지고 다닐 이유가 없다.

"뭐? 테러!"

그 말에 주변에 있던 군인들은 술기운이 가시는 느낌이었다.

미군은 직업군인이다. 그리고 전 세계 주둔지를 돌아가면서 주둔한다. 그러다 보니 그중에는 이라크 같은 중동에서 주둔한 병사들이 제법 많아 폭탄 테러나 사제 폭발물에 의해 죽어 나간 동료들의 모습을 생생히 기억하고 있다. 따라서 그들에게 테러란 공포이자 타도의 대상이라고 할 수 있다.

"테러범이다!"

"잡아!"

순식간에 주한 미군들이 달려들었고 여기저기서 저항하다가 병이 깨지기 시작했다. 그때마다 휘발유 냄새는 사방으로 퍼졌고 이쯤되자 빼도 박도 못하는 상황이 되어 버렸다.

"잡아!"

"막아!"

주한 미군들은 훈련받은 대로 테러범에게 달려들었고 광신도들은 저항도 하지 못하고 그들에게 제압당했다.

탕탕탕!

주변의 증원군을 부르는 총소리가 울려 퍼졌고 가게마다 미군들이 미친 듯이 몰려나오기 시작했다.

저항하던 사람들의 행동은 점점 극단적으로 치닫기 시작했다. 성전을 방해하는 놈들이 사방에 가득하다고 느낀 것이다.

일이 이렇게 되자 급기야 선동자는 반쯤 미쳐 버렸다.

"형제들이여! 공격하세요! 저들은 악마의 사주를 받은 자들입니다. 성스러운 불로 정화합시다!"

머릿속이 항복하는 것은 죽고 난 뒤에 지옥에 가는 지름길이라는 생각으로 가득 차 있던 그들은 일제히 가방에서 휘발유와 시너가 가득 담긴 화염병을 꺼내 들었다.

"으아아아!"

어떤 미친놈이 거기에 불을 붙이고는 뭉쳐 있는 헌병들에게 던지려고 했다. 그때 그걸 발견한 미군 헌병이 주저 없이 총을 빼 들어 쏴 버렸다.

탕탕탕!

세 발의 총성.

그중 한 발이 손에 들려 있는 화염병을 깨 버렸고 나머지 한 발은 손을 맞히면서 불이 붙어 있는 심지를 떨어트렸다. 그리고 깨지던 병에서 튄 휘발유를 뒤집어쓴 광신도는 순식간에 불길에 휩싸였다.

"끄아아악!"

사람이 죽는 가장 고통스러운 방법 중 하나가 산 채로 불에 타 죽는 것이라고 한다. 그걸 본 다른 광신도들은 순간 감춰진 공포감이 치밀어 오르는 것을 느끼고 저마다 도망치기 위해 발악하기 시작했다.

"막아!"

"잡아!"

그러나 미군이 한두 명도 아닌 테러범들을 놓칠 리가 없었다.

탕탕!

사방에서 총소리가 들리자 온 동네에 나와 있던 미군들이 한곳으로 몰려들었다.

과학이란 이런 것

"끝내주네."

무태식은 뉴스를 보면서 혀를 내둘렀다.

대한민국 정부는 발칵 뒤집혔다. 아니, 정부뿐 아니라 한국 사회와 미국조차 발칵 뒤집혔다. 아직 공식 발표가 나온 것은 아니지만 비공식적으로는 특정 종교가 주한 미군에 테러할 목적으로 다량의 화염병을 들고 이태원에 갔다가 발각되었다는 뉴스 때문이다.

평소에도 테러라고 하면 경기를 일으키던 미국은 당장 테러 전문가들을 한국으로 파견했다.

또한 주한 미군에 대한 본격적인 테러라는 점에서 대한민국 정부도 난리가 났고 사회에서는 저런 미친놈들이 다 있느냐며 성토하고 있었다.

그들을 제압하는 과정에서 범인 중 세 명이 사망하고 미군 다섯 명이 화상을 입었으며 근처에 있던 작은 가게가 반쯤 불타 버렸다. 그들이 던진 화염병 때문이다.

"노 변호사님, 알고 계셨어요?"

"뭐…… 조금은요. 내부 정보자가 있었거든요."

"그래서 걱정하지 말라고 하신 거군요."

"네."

저들의 계획대로 이선화의 가게만 불태우는 거라면 이렇게까지 일이 커지지는 않았을 것이다. 소송 분쟁에서 당사자가 다른 당사자에게 해코지하는 것은 어떻게 보면 흔하게 벌어지는 일이니까.

하지만 노형진은 미국에서 살았던 경험 덕분에 미국의 분위기나 예민한 부분에 대해서 잘 알고 있었기에 그 부분을 살짝 찔러준 것에 지나지 않았다.

애초에 거짓말한 것도 아니다. 그저 적당한 위치와 적당한 시간에 저들이 가지고 있는 무기를 미군들에게 알려 준 것뿐이니까.

'뭐, 진실을 알게 되더라도 그때는 상관없지.'

애초에 진실이 알려질 때쯤이면 최소 3년은 지나야 한다. 테러라는 말이 연관된 이상 미국도, 한국도 쉽게 물러나지는 않을 테니까.

아니, 실질적으로 만구파의 광신도들이 미군을 공격한 이상, 테러임이 명확해졌다.

"이제는 우리가 유리해진 건가요?"

"어느 정도는요."

특정 종교가 대대적으로 미국을 공격한 것은 이슬람 이후로 처음 있는 일인 데다 한국에서는 있을 수도 없는 일이니 소송 중인 재판부가 심적으로도 영향을 받지 않을 리가 없다.

특히나 자신들을 괴롭히던 만구키드들은 꼼짝도 못 할 것이다. 아마 지금쯤 등골이 오싹할 테니까.

"압력을 넣었던 놈들에 대한 정리는 끝났지요?"

"네."

"잘하셨습니다. 이제 그걸 고소하면 아마 최소한 우리에게 협박했던 만구키드들을 정리할 수 있을 겁니다."

그렇게 된다면 만구파의 위력은 급격하게 감소할 것이 뻔하다. 아마 노형진이 상대에게 준 가장 큰 대미지 중 하나일 것이다.

"어쩌면 이번 재판, 쉽게 이길지도 모르겠네요."

"하지만 재판에서 방심이라는 건 있을 수 없습니다."

"네."

어찌 되었건 이번에 벌어진 사건은 형사사건이고 자신들은 민사사건이다. 법적으로 말하면 두 개의 사건은 완전히 별개의 것이다. 심적인 문제에 기대서 재판하면 쉽게 이기지 못한다.

"모든 준비가 끝났으니 이제 싸울 일만 남았군요."

고소인들을 공격할 골수 광신도들은 그 일로 죄다 잡혀가 버렸고 일반 신도들은 급속도로 빠져나가고 있는 상황. 남은 건 노형진의 사건뿐이었다.

"이제 일하러 갑시다."

⚖

"개정하겠습니다."

드디어 시작된 재판. 노형진은 상대방을 보고는 또 얼굴을 찌푸렸다.

'지긋지긋한 놈들.'

자신들의 앞에 있는 사람들. 그들은 청계의 변호사였다.

"아니, 청계는 우리랑 원수졌대요?"

심지어 무태식조차 어이가 없어서 말을 못 할 지경.

"우리가 청계에 원수진 게 아니라 청계가 우리한테 원수진 것이겠죠."

지금까지 새론, 아니 노형진이 날려 버린 청계의 작전이 몇 개였던가. 아마도 저들은 자신들만 보면 이를 바득바득 갈면서 못 잡아먹어서 안달일 것이다.

"아니, 저 녀석은 왜 우리가 하는 것마다 사사건건 방해야?"

실제로도 청계는 노형진을 극도로 경계하는 상황이었다.
하나의 사업을 법과 불법의 사이에서 장난 치면서 수익을 내는 것은 쉬운 일이 아니다. 그런데 매번 그런 사업마다 노형진과 새론이 끼어들어서 방해하는 바람에 요즘 청계의 수익이 솔직히 전보다 많이 떨어진 상태였다.
더 큰 문제는 자신들의 계획이 늦어지고 있다는 것.
"팀장님, 이번에는 어떻게든 막아야 합니다."
"나도 알고 있지만…… 이번에는 무슨 짓을 하고 나올는지."
이번 일은 지금까지 일과는 비교도 할 수 없을 만큼 중요하다.
그런데 당장 테러 행위로 인해서 만구키드들이 꼬리를 물고 잠수를 타는 중이었다. 그러니 만일 여기에서까지 진다면 만구키드들의 꼬리 자르기가 계속될 테니 당연히 자신들의 영향력은 급속도로 줄어들 것이다
"저 녀석들은 상상도 못 하는 방식으로 공격해 대니……."
지난번에도 청계는 자신들이 이길 수 있을 거라 확신했다. 하지만 졌다. 노형진이 진짜로 길을 만들어 냈기 때문이다.
그러니 이번에도 할 수 있는 건 다 했다고 생각하지만 상대방이 노형진이니 확신할 수가 없었다.
"원고 측, 먼저 발언하세요."
"친애하는 재판장님, 과연 종교란 무엇일까요? 철학적으로 신의 존재를 논하자는 것이 아닙니다. 하지만 모든 종교

에서 하나같이 말하고 있는 것이 있습니다. 주변을 살피고 불쌍한 자를 도와라. 그것이 현대 종교의 가장 기본적인 개념입니다. 그러나 피고 측은 종교라는 이름을 이용하여 부당하게 자본금을 모으고 이를 속여 가면서 사용하였습니다. 원고 측은 작은 돈이나마 아이들을 포함한 사람들을 돕기 위해서 사용하였습니다. 그런데 그 마음을 이용하여 착취한 것은 피고 측입니다. 더군다나 그 과정에서 정당하게 도움을 받아야 하는 아이들이 도움을 받지 못한 채 목숨을 잃었습니다. 이는 명백한 사기이니 처벌을 받아야 한다고 생각합니다. 이상입니다."

"피고 측, 발언하세요."

"원고 측의 주장은 종교라는 이름으로 사람들에게 사기를 쳤다는 건데, 상식적으로 말도 안 되는 것입니다. 종교란 베풂입니다. 뭔가를 요구하고 그 돈을 종교 단체에 기부한다면 베풂이 아닌 거래겠지요. 더군다나 그 돈을 어디에 사용할 것인지 결정하는 건 종교 단체의 권한입니다. 만일 누군가가 한 사람에게 평생 먹을 것과 입을 것을 제공해 준다면 어떻게 될까요? 그는 근로 의욕을 잃어버린 채로 그냥 인생 패배자가 될 것입니다. 그래서 공산주의가 망했지요. 하지만 그걸 사회 복지 시설에 투자한다면 그 사람이 홀로 서는 것이 가능할 것입니다. 전쟁이 끝나고 아무것도 없는 대한민국에서 국민들은 그렇게 일어났습니다. 단순히 명확하게 사용되지 않았다는 정보만을 가지고 반환 소송을 한다면 과연 세금은 누가 내고 기부는 누가 하겠습니까? 많은 액수도 아닌 금액에 대해서 감 놔라 배 놔라 하는 것은 기부자의 재량권을 넘어선 행위라고 생각합니다.”

한마디도 지지 않으려고 덤비는 청계의 변호사.

‘왕만수라고 했나?’

팀장이라고 불렸던 사내는 확실히 능력이 다른 작자들보다 뛰어난 것 같았다.

‘그래 봤자지.’

저들은 자신이 아프리카까지 갔다 왔다는 걸 모른다. 또한 졸리나의 도움을 받았다는 사실도 모른다.

“기부금이란 말 그대로 어떠한 목적에 사용하기를 원해서 내는 것입니다. 반면 세금이란 국가의 운영을 위해서 내는 것입니다. 그 운영에 들어가는 자산이 도로의 관리일 수도, 복지일 수도, 군대의 유지일 수도 있겠지만 궁극적인 목적은 국가를 유지하고 국민을 보호하는 것입니다. 이번 기부에는 해당 지역에 대한 아동들의 복지를 지원하고 생존을 확보하기 위해서라는 확실한 목적이 있었습니다. 더군다나 갑제 1호증과 같이 기부를 지속하기로 한 계약은 말 그대로 계약, 즉 1대1 지원을 기본으로 구성되어 있습니다. 하지만 피고 측은 그러한 제반의 계약을 무시한 채로 어렵게 모은 기부금을 무단으로 사용하였습니다. 기부금 모집 및 사용에 관한 법률 제12조 1항에 따르면 '① 모집된 기부금품은 제13조에 따라 모집 비용에 충당하는 경우 외에는 모집·목적 외의 용도로 사용할 수 없다. 다만, 다음 각 호의 어느 하나에 해당하면 대통령령으로 정하는 바에 따라 등록청의 승인을 받아 등록한 모집 목적과 유사한 용도로 사용할 수 있다.'라고 되어 있습니다. 애초에 1대1 결연의 의미는 기부의 목적이 1대1 지원을 통한 아동의 생활 안정성 확보에 있는 만큼 다른 목적으로 사용되는 것은 위법입니다."

노형진의 말에 팀장이라 불린 변호사는 재빨리 반격했다.

"동일한 내용을 보시면 분명 비슷한 목적으로 사용할 수 있다고 되어 있습니다. 그렇다면 그게 무엇일까요? 궁극적으로 아동의 생존에 도움이 되는 것일 것입니다. 피고는 그것에 중점을 두고 집행한 것뿐입니다. 당장 하나의 빵으로 배고픔을 감출 수 있을지는 몰라도 미래를 보장할 수는 없으니까요."

"그건 남는 경우에 해당합니다."

"남는다는 개념이 애매합니다. 만일 아동에게 한국 수준의 생활을 보장한다면 남는 것은커녕 터무니없이 부족한 금액입니다. 그에 반해서 해당 지역에서 생활하는 일반적인 아동의 수준에 맞춰서 사용하고 남는 것이라면 피고 측은 적법하게 사용한 것입니다. 더군다나 우리는 허가까지 받았습니다. 그 당시 제출했던 신청서와 관련 서류를 증거로 제출합니다."

'그렇지. 허가는 받았지.'

허가는 받았다. 문제는 그걸 한국에서 받아야 하는데 공무원들이 실사를 위해 아프리카까지 가서 체크할 리가 없다는 것이다.

'그래 봤자 손바닥 안이다.'

노형진은 바로 반박에 들어갔다.

"갑제 2호증에 관하여 확인해 주시기 바랍니다. 피고 측은 분명 1대1 결연을 통하여 충분히 지원하고 있다고 했습니다. 그리고 지원하고 난 후 남은 것을 복지시설에 투자하고 있다고 했습니다. 그러나 보다시피 저희가 확인한 바로는 지원 대상자로 되어 있는 아이들의 대다수가 사망한 것으로 되어 있습니다. 결연으로! 되어 있는 다수의 아이들이 사망한 상태로! 되어 있습니다. 특히 정부에 제출한 기록과 비교하면 현지에서는 사망한 것으로 되어 있는데 정부에 제출한 기록에는 생존한 것으로 되어 있습니다. 즉, 피고 측은 오로지 통과하기 위해 서류를 조작한 것입니다. 그러니 이는 명백하게 공문서 위조에 해당된다는 점을 감안하여 주시기 바랍니다. 또한 이 증거를 바탕으로 공문서위조죄로 고발토록 하겠습니다."

"크윽."

갑작스럽게 생각지도 못한 것을 치고 들어오자 왕만수는

깜짝 놀랐다. 반박용으로 내놓은 증거가 직접 가 보지 않으면 모를 현지의 사정이기 때문이다.

'도대체 언제…….'

설마 아프리카까지 갔다 왔을 거라고는 생각도 못 했다. 그래서 그 부분은 방심하고 있었다. 그런데 아프리카 현지의 공식 기록이라니.

"법률에서도 그렇고 신청할 때도 그렇고, 기본적으로 남는 자금은 비슷한 목적으로 사용할 수 있다고 되어 있습니다. 즉, 최소한 피해 아동들의 생존이 확보되고 난 후부터 그 자금을 유용할 수 있는 것입니다. 그러나 갑제 2호증에서도 볼 수 있다시피 사망의 가장 큰 원인은 1위가 영양실조, 2위가 폐렴을 비롯한 간단한 질병 때문입니다. 둘 다 최소한의 식량 지원과 어느 정도의 항생제 지원만 있었다면 있을 수 없는 사망 사유인 것입니다."

"끄응……."

맞는 말이다. 한국에서 다이어트로 영양실조에 걸리는 것과 그 세계에서 영양실조에 걸리는 건 전혀 다르다.

그 세계에는 영양실조 치료만을 위한 급식이 지급되며 한 달 치 가격이 2만 원이 안 된다. 즉, 제대로 공급되었다면 굶어 죽지는 않았을 거라는 소리다.

"그 부분에 대해서는 인정합니다. 하지만 그 부분은 어쩔 수 없었다는 점을 알아주시기 바랍니다. 1대1 결연의 경우,

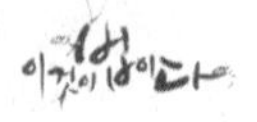

피치 못할 사정으로 인하여 대상자가 사망할 시 많은 지원자들이 지원을 중단하는 경향이 있습니다. 단순히 지원 중단일 수도 있지만 해당 지역 아동들에게는 생존의 문제가 달려 있다 보니 피고 측에서는 양심의 거리낌을 무릅쓰고 사실을 은폐한 것입니다. 하지만 그것은 오로지 더 많은 아동들의 생존과 지역의 발전을 위한 것이지, 기만을 위해 한 것이 아닙니다. 원고 측은 아이들의 생존을 위해 무조건 그 아이들에게 기부금이 지급되어야 한다고 주장하는 모양인데, 단순한 도로 하나가 그 지역 아이들의 미래가 되고 직장이 될 수 있다는 점은 모르는 모양입니다."

왕만수는 어떻게 해서든 변명해 보려고 했다. 하지만 노형진이 그런 어쭙잖은 말장난에 넘어갈 리가 없었다.

"피고 측의 주장은 원인이 있어서 결과가 발생한 게 아니라 결과가 발생했으니 원인을 만들어 낸다는 개념입니다. 애초에 사망으로 인해 자금이 남는 것이라면 가능한 설명이지만 자금을 유용함으로써 실질적으로 사망자가 발생했습니다. 아닌가요?"

노형진의 날카로운 질문에 왕만수는 노형진을 바라볼 뿐, 다른 대답을 할 수가 없었다. 노형진은 그런 그의 시선을 무시하면서 바로 다음 공격을 날렸다.

"그 부분은 재판부에서 판단할 일이니 일단 넘어가겠습니다. 그렇다면 해당 지역에서 막대한 땅을 구입한 행동은 어떻게 보입니까? 땅이 아동들의 생활과 관련이 있다고는 보기 힘든데요."

"땅은 미래를 위한 것입니다. 아프리카는 대다수 사람들이 목축업으로 생을 이어 가고 있습니다. 실질적으로 낮은 곡물 산출량으로 매년 수많은 사람들이 굶어 죽고 있지요. 피고 측은 그곳에서 아프리카에서 키울 수 있는 농작물에 대해 실험할 예정이었습니다. 또한 남는 땅은 싼 가격에 빈민들에게 임대함으로써 안정적인 수익을 얻도록 하고자 하였습니다. 순간이 아닌 미래를 보고 투자한 것입니다."

'지랄! 물론 나도 의뢰인을 위해서 거짓말하긴 하지만 최소한 남의 목숨을 가지고 장난치지는 않는다.'

그건 승리를 위한 거지, 의뢰인의 부를 위한 게 아니다. 하지만 청계는 그런 건 신경도 쓰지 않고 거짓말을 계속하고 있었다.

"친애하는 재판장님, 이러한 사건은 일부가 아닌 넓은 시야로 봐야 합니다. 거국적으로 보고 판단해야 더 많은 사람들이 더 많은 혜택을 봅니다."

'거국적인 거 좋아하네.'

한국 사람들은 저런 거국적인 어쩌고저쩌고라고 하면 넘어가는 경향이 있지만 사실 그건 말장난에 지나지 않는다. 지금 상황이 깨끗하지 않은데 일이 커지면 깨끗해지겠는가?

"그렇군요. 그럼 이건 어떻게 보이시나요?"

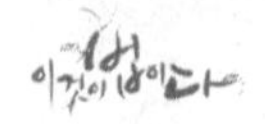

"어떤 건가요?"

노형진은 한 장의 서류를 내밀었다. 그걸 받아 든 청계의 얼굴이 어느 때보다 딱딱하게 굳어졌다.

'저게 어떻게 저기에?'

절대로 노형진의 손에 있을 서류가 아니었다. 하지만 그 서류는 틀림없이 노형진의 손에서 나온 것이었다.

"해당 지역의 명의 분류 상황과 추후 건립 계획입니다. 농지와 빈민 구제라면 저 역시 이해합니다만, 기록에 따르면 현재 건설 중인 것은 초호화 주택입니다. 명의자 역시 만구파의 이름이 아닌 만구파의 실질적인 지도자인 성만구 개인의 명의로 되어 있습니다."

"……."

이건 빼도 박도 못할 증거였다. 졸리나가 요구한 서류가 이것이었고 재정의 튼튼함을 보여 준답시고 그쪽에서는 멋도 모르게 준 것이 노형진에게 흘러온 것이다.

"대형 풀장까지 딸린 저택에 여기 건립 목적이 구원받은 신도를 위한 강림의 전당이라고 되어 있습니다. 구원받은 신도, 즉 만구파에 속한 사람들만을 위한 건물 아닌가요? 애초에 만민구원파, 즉 만구파가 주장한 것은 모든 사람에게 평등한 혜택을 주는 것이었던 것 같은데요? 하지만 아무리 봐도 이 땅과 이 저택의 크기를 봐서는 잘해 봐야 삼백 명 정도나 살 수 있을 것 같은 데다 농지로 사용할 토지는 거의 보이지 않습니다만?"

계획서를 가지고 공격하자 왕만수는 침을 꿀꺽 삼켰다.

'누군가 안에 있다.'

그렇지 않다면 저 계획서는 절대 손에 넣을 수 없는 것이라고 그는 생각했다.

"이건…… 전혀 이야기가 다르잖소?"

판사도 서류를 보고 어이없다는 듯 말할 수밖에 없었다. 보통 판결할 때는 사견은 가능하면 말하지 않는 것이 불문율이지만 서류에는 저들이 사전에 제출한 준비서면과는 전혀 다른 이야기로 가득했다.

"그 점은…… 확인해 보도록 하겠습니다."

왕만수는 이를 빠드득 갈았지만, 달리 대책이 있는 것은 않았다. 이번 건수는 워낙 큰 카운터 공격이었기 때문이다. 하지만 노형진의 공격은 그게 끝이 아니었다.

"그럼 이건 어떻게 보이시나요?"

노형진은 증거로 받은 사진과 편지를 공개했다.

"재판장님, 원고들은 저들에게서 아이들이 보냈다는 감사의 편지와 사진을 받았습니다. 그런데 보다시피 동일한 아이의 사진이 온 경우도 많고, 비슷해 보이지만 1차로 온 사진 속의 아이와 2차로 온 사진 속의 아이가 전혀 다른 경우도 있습니다. 바로 그곳에서 보낸 것이라면 그런 일은 있을 수 없습니다."

"흠."

일단 증거가 확실하니 그걸 밀고 나갈 자신이 있었다.

하지만 이번에는 왕만수도 당황하지 않고 방어하기 시작했다. 이선화 측에 자신들을 소개한 사람이 신도라 저들이 사진을 수거해 간 것을 알고 있어 이런 공격이 올 거라는 걸 예상하고 있었던 것이다.

"재판장님, 이 사진과 이 사진의 차이점을 아십니까?"

증거로 제출된 사진 두 장을 내미는 왕만수.

"글쎄요."

재판장은 고개를 갸웃했다.

"모르실 겁니다. 저도 잘 모릅니다. 하지만 현지인들은 알고 있지요. 무슨 뜻이냐 하면 각 인종은 타 인종의 사진을 명확하게 분류하지 못한다는 뜻입니다. 맞습니다. 사진은 제대로 전해지지 못했습니다. 하지만 그건 속이기 위해 한 것이 아니라 피고 측이 제대로 얼굴을 구분하지 못해서 그런 것입니다. 수백 장의 사진들 속에서 동양인이 아프리카 아이들의 얼굴을 일일이 분류하는 것은 사실상 힘든 일입니다."

완벽하고도 깔끔한 논리. 확실히 사진을 알아볼 수는 없었다. 심지어 노형진도 말이다. 그런 상황에서 사진이 잘못 왔다는 것이 결코 범죄의 증거가 될 수 없다.

"못 알아보는 것과 전혀 다른 것은 다릅니다. 이 아이의 경우 1차 사진과 2차 사진은 아예 다른 형태의 얼굴형을 가집니다. 즉, 동일인이라고 볼 수 없습니다.”

물론 아무리 흑인을 동양인이 분류하지 못한다고 해도 아예 극단적으로 다르거나 나이 차이가 심하면 드러날 수밖에 없다. 노형진은 그 부분을 공격했지만 왕만수 역시 그 부분에 대해서 생각하고 있었다.

“그 부분은 아까도 말씀드렸지만 지원하는 도중에 한 아이가 사망하는 경우, 다른 아이와 새로 연결해 드리고 있어서 그런 겁니다. 그에 관련하여 미리 연락드리지 못한 점에 대해서는 죄송스럽게 생각하고 있습니다.”

절묘하게 논점에서 벗어난 채로 피고를 방어하는 청계. 확실히 아이들의 생존을 위해서 그런 거라면 할 말이 없었다.

“아이들의 생존을 위해서라……. 그러면 이건 어떻게 생각하시나요?”

노형진이 꺼내 든 것은 한 장의 종이였다.

“이 종이를 아프리카의 아이들이 한국에 있는 후원자들에게 편지를 보냈다고 하는 종이입니다.”

거기에 쓰인 삐뚤빼뚤한 영어. 어설프지만 정성이 들어간 것처럼 보이는 물건이었다.

“그게 무슨 문제라도?”

“문제요? 아주 문제가 심각합니다. 이 종이가 어떻게 보이십니까?”

“그냥 종이 아닙니까?”

노형진의 질문에 무슨 질문이 그러느냐는 식으로 바라보는 왕만수.

"이게 하얀 종이죠. 맞습니다. 정식 명칭은 수밀 35 재생지입니다."

"수밀 35 재생지?"

무슨 뜻인지 모른다는 표정이 되는 사람들.

"말 그대로 종이를 표시하는 방식입니다. 모든 종이는 각각의 용도가 있으며, 동일한 용도라 할지라도 국가와 기업에 따라 제조법이 다릅니다. 당연히 두께와 기술도 다르지요."

"그래서요?"

노형진이 이 사실을 안 건 회귀 전 미국에서였다.

미국에서는 이러한 과학적 증거에 대한 가치가 높아 현장에서 발견한 종이 하나하나를 분석한다. 우리나라처럼 종이는 다 똑같은 것으로 취급하는 것이 아닌 것이다. 그 때문에 노형진은 편지를 받은 사람들의 동의를 얻어 편지의 일부분을 찢어서 확인했던 것이다.

"수밀 35 재생지는 말 그대로 재생지입니다. 기존에 썼던 종이를 파쇄하여 분류하고 재생한 것이라는 뜻입니다. 그 때문에 그다지 질이 좋게 보이지는 않습니다만. 어찌 되었건 분명한 것은 수밀 35 재생지는 한국 내 종이 재생 전문 기업인 연림재생에서 만드는 재생지라는 것입니다."

그 말에 왕만수의 얼굴이 딱딱해졌다. 그건 전혀 생각하지 못했기 때문이다. 설마 종이의 성분을 조사해서 제조 국가를 알아낼 줄이야.

"그리고 연림재생에 문의한 결과, 이 수밀 35 재생지는 국내용으로만 시판되었으며 아프리카를 비롯한 어떠한 나라에도 수출되지 않았다고 합니다."

수출되지 않은 종이를 이용해서 아프리카에서 감사의 편지를 써서 보낸다? 그건 불가능하다.

"우연한 기회에 넘어갈 수도 있는 거 아닙니까? 가령 한국에서 필요에 따라서 소량을 보낸다거나. 그리고 결정적인 오류가 있습니다. 분명 편지 봉투에는 아프리카에서 발송하였다는 관인이 찍혀 있습니다."

그건 부정할 수 없는 사실이다.

"맞습니다. 그건 사실입니다. 그래서 제가 실험해 봤습니다."

노형진은 한 장의 편지를 꺼내 들었다. 밀봉된 편지는 영어로 되어 있었다.

"보다시피 이 편지는 아프리카에서 제게 보낸 편지입니다."

노형진은 천천히 봉지를 뜯었다. 그러고는 그곳에 있는 편지를 꺼내 들었다.

"어?"

거기에는 갑제 3호증이라는 이름이 붙어 있었다.

"이게 어떻게 된 거야?"

분명 아프리카에서 온 편지다. 그곳에서 갑제 3호증이라

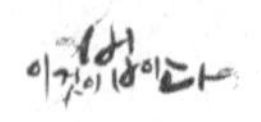

는 한국의 법률적인 단어가 사용될 리 없다.

"간단합니다. 한국에서 대량으로 보낸 뒤에 그곳에서 편지 봉투에 담아 발송하면 되는 겁니다."

한국에서 가짜 편지를 쓴 다음 모아서 국제우편이나 택배로 보내면 그곳에서 그걸 하나씩 담아서 다시 국제우편으로 보내는 것이다.

"그럼 완벽하게 그곳에서 발송한 편지가 됩니다."

"크흠……."

"그리고 이 번역본을 확인하여 주시기 바랍니다."

노형진은 몇 장의 번역본 편지들을 내밀었다.

"편지의 양이 무척이나 많습니다만 이상하게도 그 내용을 확인해 보니 마흔 개 정도로 중복되고 있었습니다."

"마흔 개의 내용?"

"그렇습니다. 영어 공부를 하고 있다, 동생이 아프다, 아빠가 군대에 끌려갔다 등등 이상하게 특이한 내용들. 특히 동정심을 자극할 만한 내용으로 모든 편지들에서 반복되어 사용되고 있습니다. 이상하지 않습니까? 수많은 삶들이 있습니다. 그런데 아무리 아프리카가 가난한 지역이라고 하지만 모든 삶이 이렇게 비슷하다는 게?"

그건 말도 안 된다. 하루하루가 다른 게 사람의 삶이다. 하다못해 아이들과 놀았다는 내용조차 똑같은 지경.

"즉, 누군가 정해진 내용을 랜덤하게 선택하여 골라서 넣은 것입니다."

"……."

"또한 필적 감정 결과, 총 여덟 개의 필적이 나왔습니다. 즉, 이 이백 개가 넘는, 마흔 개의 내용을 가진 다수의 편지에서 고작 여덟 개의 필적만이 나왔다는 건 말이 되지 않습니다."

"으으……."

설마 필적 감정까지 했을 거라 생각하지 못한 왕만수는 심각하게 당황하기 시작했다.

'아직은 한국에서는 이런 걸 적극적으로 사용하지 않지.'

대한민국 법원은 법을 일종의 언어유희처럼 생각하는 경향이 강하다. 그나마 형사 쪽은 좀 덜하지만 민사 쪽은 이런 과학적 증거를 거의 제출하지 않는다.

더군다나 변호사들이 이런 과학적인 증거 수집법을 모른다고 봐도 과언이 아닌 상황.

"피고 측, 할 말 있습니까?"

판사는 무심한 눈으로 왕만수를 바라보았다. 왕만수는 이를 빠드득 갈다가 노형진을 보고는 천천히 입을 열었다.

"증거의 분석을 위해…… 기일을 다시 잡을 것을 요청합니다."

광신의 결과

“끝내주네, 진짜.”

“종이라니.”

거의 완벽한 공격이었다. 모든 과학적 증거들을 다 동원했다. 그 결과, 상대방은 제대로 된 반박도 못하고 재판일의 변경을 시도해야 했다.

“종이가 다르다는 건 어떻게 안 거야? 그게 그거인 것 같은데.”

“뭐, 우연하게 안 거죠. 가령 복사지만 해도 각 회사마다 그 두께가 다르잖아요.”

“음…… 그거야 그렇지.”

어떤 회사는 좀 두껍고 어떤 회사는 좀 얇다. 어떤 회사는 광이 나고 어떤 회사는 무광이다.

"기본적으로 전 세계 표준 공정을 사용한다고 하지만 각 지역에 따라서 똑같이 만들 수는 없거든요. 가령 한국에서 사용하는 초코파이 포장지를 중국에서 사용하지 않듯이요."

"어, 그래?"

"네, 중국은 땅이 넓고 배송 거리가 길기 때문에 한국식 포장은 쉽게 손상되어서 중국식 포장이 따로 개발되었어요. 이렇듯 전 세계 인간이 비슷한 상품을 사용한다고 하지만 똑같지는 않아요. 심지어 다른 국가에서 물건을 만들던 장비를 가져가 같은 공정으로 제조하려 하더라도 그 국가 환경에 맞게 성분비를 조절해서 써요."

"그렇군."

한국에서는 아직은 불가능하지만 미국에서는 지역별로 흙의 상태를 조사하여 증거로 삼는다. 그만큼 각 지역별 차이는 무척이나 큰 것이다.

"그 녀석들도 나름 머리를 쓰기는 했어요. 재생지라니."

재생지, 또는 갱지는 질이 좋아 보이지는 않는다. 즉, 누가 봐도 아프리카에서 온 것일 수도 있겠다고 생각할 수 있는 수준이다.

하얗고 깨끗한 종이에 편지를 쓰면 의심할 수 있겠지만 누가 갱지를 의심하겠는가?

"하지만 거기까지인 거죠."

성분 조사를 통해서 생산 국가를 알아낼 거라 생각하지는 못한 것이다.

"이제 어떻게 될까?"

"무난하게 승리하겠지요."

"그렇겠지?"

만민구원파에서는 어떻게 해서든 선을 끊기 위해 발악하고 있었다. 테러에 동참했던 극단론자들은 교회 내부의 극단주의자들이라 자신들도 통제할 수 없었다고 발뺌한 것이다.

그러면서 모금 업무를 하던 사람들은 자신들과 함께 일하기는 했지만 모금액의 사용에 대해서는 전혀 관여한 바가 없다는 식으로 말하고 있는 상황이었다.

"그나저나 돈을 받을 수는 있겠어요?"

"그건 무리겠지."

만구파는 대부분의 자산을 아프리카에 있는 땅과 초호화 건물을 사는 데에 사용했다. 그걸 압류할 수는 있겠지만 팔 수 있을지는 미지수다. 아프리카가 그리 잘사는 나라는 아니기 때문이다.

"일단은 저들의 행동을 막았다는 데에 의의를 둬야겠지요."

"그렇겠지."

일단 저들에게 들어가는 대부분의 자본금은 어느 정도 통제되다 못해 거의 씨가 마른다고 해야 할 수준이다. 민사사건은 언론에 나간 게 아니지만 테러했다는 것만으로도 그들에 대한 모든 지원이 끊어졌기 때문이다.

"부자들의 정신세계란……."

송정한은 솔직히 이해하지 못하겠다는 듯 고개를 흔들었다. 오로지 자존심을 위해서 자신들이 입은 피해보다 더 큰 피해를 입을 각오를 하다니.

"부자니까요."

"그건 그렇지."

솔직히 1인당 50만 원 정도의 피해는 이태원 상인회에 그다지 큰 피해가 아니다. 2년에 걸친 액수니까.

그러나 이번에 들어간 돈은 훨씬 짧은 시간 동안 발생한 손해라 그 의미가 다르다.

"그래도 다행이잖아요. 그런 생각을 가진 사람도 있다는 게."

"그건 그렇지."

만일 이들이 나서지 않았다면 어떻게 되었을까? 아마 100% 만구파는 계속 사기를 쳤을 것이다.

'그리고 미래의 그 사건이 벌어졌겠지.'

그렇게 된다면 해외에서도 수천 명이 죽었을 뿐만 아니라 국내에서도 수백 명이 죽었을 것이다.

문제는 그런 상황에서조차 그들은 종교라는 이름으로 끝까지 살아남는다는 것이다.

광신의 상태로 들어간 사람들은 주변에서 뭐라고 하든 신경조차 쓰지 않는다. 그리고 그들의 성직자라는 놈들 역시 결국 그들을 착취해서 살아남는다.

'쩝…….'

이기고 싶어도 절대 이길 수 없는 것이 바로 광신자들이다.

"일단 이 건에서 이기는 건 어렵지 않을 것 같으니까 다음 문제에 대해 고민해 보죠."

사방에 증거가 넘치니 저쪽에는 이쪽에서 제출한 과학적인 증거들을 뒤집을 능력이 없다. 전국적으로 반만구파 정서가 가득한 상황에서는 더더욱 말이다.

그러다 보니 만구파와 선이 닿아 있다는 것만으로도 모든 자리에서 쫓겨나게 되어 도리어 만구키드들이 만구파와의 연을 끊어 버리고 있는 실정이다.

따르릉.

그 순간 울리는 전화기 소리. 노형진은 무심결에 번호를 확인하고는 그걸 받았다.

"아, 이선화 사모님."

"노 변호사님, 큰일 났어요."

"큰일이라니요?"

지금 큰일이라고 할 만한 건 없다. 자신들을 공격할 만한 광신도들은 모조리 감옥에 가 있고 재판은 순조롭게 진행되고 있는 상황이다. 그런데 큰일이라니?

"우리한테 그 단체를 소개시켜 준 사람이 있다고 했잖아요?"

"네."

"그 사람한테서 문자가 왔는데……."

"협박인가요?"

"그게 아니라 살려 달라고 왔어요."

"살려 달라니요?"

노형진은 순간 이해가 가지 않는 얼굴이 되었다.

"모르겠어요. 그걸 받고 전화했는데 연락이 안 돼요."

"음……."

노형진은 그 말에 잠시 생각에 잠겼다. 살려 달라? 선처해 달라는 것도, 소송을 취하해 달라는 것도 아닌 살려 달라?

'뜬금없잖아?'

설마 그런 사건을 일으켰다고 죽이기라도 하겠다는 건가?

'……부정할 수 없다는 게 슬프네.'

사이비 종교인들이 자신들에게서 벗어나려고 하거나 자신들에게 큰 피해를 입힌 사람들을 서슴없이 죽이는 경우가 꽤 있다. 따라서 이태원 상인회를 끼어들게 한 사람에게 상황이 이렇게 된 것에 대한 책임을 묻겠다면서 죽이려 한다 해도 이상할 게 없다.

"그분이 사는 곳이 어디죠?"

"서울시 ㅇㅇ구 ㅇㅇ동요."

"제가 한번 가 보겠습니다."

일단은 상황이 상황이니만큼 가 보는 것이 좋을 듯했다.

"경찰에 신고는 하셨나요?"

"하긴 했는데 고작 그걸로 출동할 수는 없다고……."

'하여간 경찰들이란.'

노형진은 얼굴을 찌푸렸다.

상식적으로 목숨이 위협받는 상황에서 장문의 연락을 한다는 건 불가능하다. 그런데 단문이라고 장난이라고 판단하고 가지 않는다는 건 도대체 무슨 생각인지 이해가 가지 않았다.

'이러니까 한국이 이 꼴이지.'

미국에서는 신고가 들어오면 무조건 출동한다. 전화가 아주 짧게 걸려왔다가 끊어지는 상황이라 해도 말이다.

만약 출동하지 않을 경우에는 확인 전화를 한다. 대신 장난 전화인 경우 그에 맞게 아주 큰 손해배상을 청구한다.

하지만 한국은 그게 아니다. 장난 전화를 한 사람에게는 찍소리도 못 하면서 정작 급한 사람이 제대로 신고하지 못하면 그를 탓한다.

"일단 제가 가서 확인해 보죠."

"부탁드려요."

아무리 그래도 여자가 가는 건 위험하기에 자신에게 전화했다는 걸 알고 있는 노형진은 바로 가겠노라고 대답하고 자리에서 일어났다.

"무 변호사님, 같이 가시죠."

"무슨 일인데요?"

"이번 사건의 주요 증인 중 한 명이 살려 달라는 문자를 남기고 실종되었답니다."

"증인요?"

"네."

그 말에 송정한을 비롯한 다른 사람들도 깜짝 놀란 표정이 되었다. 설마 증인이 실종되는 사태가 벌어질 거라고 생각하지 못했던 것이다.

"우리 측 증인이야?"

"아직은요. 설득 중이었지만요."

"그런데 왜 사라진 거야?"

"몰라요. 하지만 살려 달라는 말만 남기고 사라졌답니다."

"큰일이군."

"가스총 챙기세요."

"네."

아무래도 위험한 상황인 듯하여 노형진은 가스총을 챙기고 이선화에게 받은 주소로 바로 달려갔다. 그러나 그곳에 도착했을 때 그가 본 것은 현관문이 열린 집의 모습이었다.

"열렸는데요?"

"음……."

노형진은 안쪽으로 고개를 내밀어서 살펴보았다.

"실례합니다."

그러나 아무런 소리도 들리지 않는 공간.

“집은 빈 것 같습니다.”

“이상하군요. 무 변호사님 같으면 문을 열어 놓고 집을 비우겠습니까?”

“그럴 리가요.”

서울에 도둑이 얼마나 많은데 말이다.

“이 근처에 잠깐 나간 거 아닐까요?”

그런 거라면 확실히 가능성이 있다. 바로 앞에 가게가 있다면 말이다. 하지만 노형진이 보기에는 아니었다.

“그건 아닌 것 같습니다.”

신발을 벗는 공간을 보니 신발들이 어지럽게 널브러져 있었고 그 너머에는 누군가가 신발을 신고 들어간 흔적이 있었다.

“아는 사람들이 온 모양이네요. 그래서 문을 열어 줬는데 그들이 강제로 끌고 간 모양입니다.”

“그게 보입니까?”

무태식은 신기하다는 듯 노형진을 바라보았다. 하지만 기본적인 현장 지식만 있으면 그걸 추론하는 건 어렵지 않았다.

‘변호사들한테도 현장학습을 시켜야 하나.’

현장에서는 단추 하나가 중요한 증거가 될 수 있다.

“문을 보면 강제로 연 흔적이 없습니다. 즉, 누군가가 강제로 열었다는 건 아니죠. 그렇다는 건 아는 사람일 거라는 뜻입니다. 그리고 안쪽으로 보세요. 집 안은 전체적으로 깔끔하게 정리되어 있습니다. 주인이 깔끔한 타입이라는 뜻입니다. 하지만 입구의 신발만 헝클어져 있죠? 이건 누군가 발로 차고 들어갔다 나왔다는 겁니다. 이 신발 자국을 보면 더욱 그렇지요."

신발을 신고 들어갔다는 것 자체가 우호적인 행동이 아니라는 것이다.

"그리고…… 아마도 사라진 증인은 저항하는 것도 포기하고 끌려간 듯합니다."

"그건 어떻게 아세요?"

"입구 주변에 기물들이 많습니다. 우산도 있고 꽃병도 있고…… 구둣주걱도 있고요. 만일 저항하려고 했다면 잡고 휘두를 수 있는 게 있다는 뜻이죠."

그렇지만 그런 물건들은 제자리에 있었다. 그러니 그녀는 저항조차 못 하고 끌려갔다는 것이다.

"'혹시?' 하는 마음에 저항을 포기하고 끌려간 것이 맞는 것 같습니다."

모르는 사람이 끌고 가려고 하면 저항하기 마련이다. 그런데 그런 것도 없다는 건 그래도 대화는 해 볼 여지가 있는 아는 사람이라는 것.

"헤, 노 변호사님, 전에 형사였습니까?"

"아뇨. 그냥 현장 경험을 많이 하면 알게 됩니다."

"현장 경험?"

"그런 게 있습니다. 하하하."

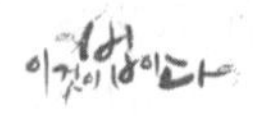

노형진은 어색하게 웃으면서 집 안을 살펴봤다.

여기저기 있는 종교적인 물건들. 그녀도 상당히 광신도에 속하는 타입인 듯했다.

'하긴…… 그러니까 모집책 같은 것을 담당할 수 있었겠지.'

그리고 그런 점들을 감안하면 남은 것은 단 하나뿐이다.

"만구파에서 왔다 갔군요."

"으음……."

"지금 상황에서 딱 맞는 건 그들밖에 없으니까요."

"흠……."

무태식이 봐도 그럴 가능성이 높기는 했다. 문제는 왜 만구파에서 그를 데리고 갔느냐는 것.

"만구파에서 보복하려는 걸까요?"

"그럴 수도 있죠."

하지만 단순히 그걸 위해 사람을 끌고 간 것 같지는 않았다. 그리고 보복당할 걸 알았다면 그렇게 쉽게 끌려갈 리가 없다.

'그러고 보니…… 그 시간이…….'

살려 달라는 문자가 온 시간. 그건 분명 생각보다 늦은 시간이다.

"아마도 여기에서 끌려간 후에 그곳에서 문자를 보낸 모양입니다. 핸드폰을 감춰 둔 모양이군요."

"그건 또 어떻게 아셨습니까?"

"바닥에 있는 흔적을 보고요. 사흘 전에 비가 오지 않았습니까?"

바닥 여기저기 있는 물이 말라붙어 있는 흔적. 그건 분명 사흘 전에 누군가 와서 그녀와 가족들까지 데리고 갔다는 뜻이다.

"그리고 살려 달라는 연락이 온 건 오늘 오전입니다. 그러니까 그사이에 큰일이 생겼다는 뜻입니다."

"그게 무슨 일일까요?"

"글쎄요……."

노형진은 고민에 빠졌다.

과연 그들이 무슨 짓을 하려는 것일까? 단순 보복?

그런 것 같지는 않다. 지금 상황에서 보복한다고 해도 사태가 수습되는 것은 아니니까.

'영사해 볼까? 그건 무리야.'

순식간에 들이닥쳐서 끌고 간 듯하다. 그래서 그런지 영사할 만한 어떤 것도 보이지 않는 상황.

"어디로 갔는지도 확실하지 않고……."

"경찰에 신고해 볼까요?"

"수사하지 않을 겁니다."

집 안이 난장판인 것도 아니니 자의로 끌려 나간 이상 경찰이 수사할 리가 없다.

'그 녀석들이 흘리고 간 게 있으면 좋으련만.'

하지만 애석하게도 녀석들은 말 그대로 오자마자 바로 나간 건지 아무것도 없었다.

"음…… 경비원에게 알아보는 게 어떨까요?"

"경비원?"

"네, 보통 이런 아파트의 경비원은 방문 차량들을 모두 확인하거든요."

"그래요?"

"모르셨어요?"

"아파트에 살아 본 적이 없어서."

"일단 알아보죠."

노형진은 무태식의 의견대로 경비실로 향했다.

경비원은 잠시 고민하다가 입주민이 사라졌다는 말에 부랴부랴 출입 기록을 확인하기 시작했다.

"그날 들어온 외부 차령은 열네 대이긴 한데, 어떤 건지 모르겠는데?"

"작은 차는 빼 주세요. 아무래도 남자들이 온 것 같으니까."

사람을 강제로 끌고 가려고 들이닥친 건데 여자가 올 것 같지는 않다. 그렇다면 남자들이 왔다는 것이니 아무래도 큰 차를 선호할 가능성이 높다.

"그래도 다섯 대가 남는데?"

경차나 소형차, 작은 세단류를 빼고 나자 남은 건 다섯 대.

"그건 제가 알아보도록 하지요."

노형진은 협조 요청을 해서 자동차 번호를 적고는 바로 고문학에게 전화를 걸었다.

"지금 급하게 차량 번호를 확인하려고 하는데요."

⚖

"지루하군요."

고문학이 바로 번호를 알아보겠다고 확인해 줬기에 노형진은 그 답장이 올 때까지 기다리는 수밖에 없었다.

그렇게 기다린 지 벌써 두 시간.

시간이 지날수록 점점 불안감이 강해지고 있었다.

삐리리.

"여보세요!"

벨 소리가 울리자마자 전화기를 받아 든 노형진.

"고문학입니다. 주신 번호에 관해서 좀 알아봤는데 좀 의심스러운 차가 있더군요."

"의심스럽다니요?"

"차 중 한 대가 어제 불법 주차로 견인된 걸로 나왔습니다."

"불법 주차?"

"네, 그런데 차주가 우리가 그때 보았던 만구키드 중 한 명입니다. 이번 사건의 당사자 중 한 명이구요."

"……!"

그 말에 노형진은 정신이 번쩍 들었다. 만구키드 중 한 명이라니? 그렇다는 건 만구파가 끼어들었다는 게 확실하다.

"그래서 그 사람은 어디 있나요?"

"사흘 전에 실종되었습니다."

"실종?"

"네, 사흘 전에 실종되었답니다. 직장에서 신고받고 집에 갔는데 집도 비었구요."

"집도 비었다고요?"

"네."

노형진은 등골이 오싹해졌다.

"그곳이 어디인가요?"

"서울 자동차 견인 보관소요."

"알겠습니다."

노형진은 바로 전화를 끊고는 무태식을 데리고 뛰기 시작했다.

"왜 이렇게 서두르세요?"

무태식은 갑자기 노형진이 이렇게 서두르자 고개를 갸웃했다.

"설명할 시간이 없습니다. 빨리 갑시다."

차에 올라탄 노형진은 바로 급가속했다. 그리고 옆에 탄 무태식은 비명을 질렀다.

"으아아악! 노 변호사님! 신호! 신호!"

신호를 어기고 튀어나가는 차 때문에 그는 기겁했고 다른 차들도 빵빵거리면서 난리도 아니었다.

하지만 노형진은 말할 틈이 없었다. 혹시나 하는 불안감이 그의 머릿속을 뒤흔들고 있었던 것이다.

끼이이익!

도착하기 무섭게 차에서 내려서 뛰어간 노형진. 그는 직원에게 물어서 해당 자동차를 찾을 수 있었다.

"본인이 아니면 못 가지고 가는데요?"

직원은 귀찮다는 듯 말했지만 노형진은 그 차를 가지고 오려고 온 게 아니었다.

"잠시만요. 차를 가지고 가려는 게 아닙니다."

노형진은 제발 자신의 생각이 틀렸기를, 그래서 아무 일도 벌어지지 않았기를 간절하게 기도했다. 살려 달라는 마지막 문자. 그리고 갑자기 가족이 전부 사라진 사람들.

이런 경험을 미국에서 한 적이 있었다. 노형진의 사건은 아니었다. 하지만 미국을 뒤흔든 사건이었기에 미국의 변호사들은 공부하면서 한 번은 접할 수밖에 없는 사건이었다.

"헉헉헉…… 변호사님, 도대체 왜 그러세요?"

무태식이 제대로 주차하고 헉헉거리면서 따라왔지만 그때쯤 노형진은 기억을 다 읽어 낸 상태였다. 그의 입에서 절로 욕이 튀어나왔다.

"이런 씨팔!"

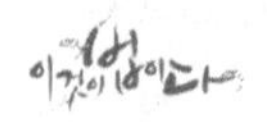

그가 생각하던 최악의 일이 벌어지고 있었던 것이다.

⚖

"뭐라고? 집단 자살?"

"네, 그런 징후가 보입니다."

"그걸 어떻게 알아……."

"그냥…… 압니다. 제가 언제 틀린 이야기 했습니까?"

"으음……."

한국에서는 집단 자살 사건이 별로 일어나지 않는다. 하지만 미국에서는 그런 사건이 가끔 벌어지는데 그때 보이는 징후가 이번 사건에서 발견된 것이다.

"도대체 왜 그러는데?"

"모르겠습니다, 왜 이런 짓을 하는지. 하지만 이건 그냥 '아, 그럴 수도 있구나.' 하는 정도의 사건이 아닙니다. 살려 달라고 문자가 왔다는 건 시행 시간이 임박했다는 뜻입니다."

"고작 그런 문자가 하나 왔다고 집단 자살까지는 좀……."

이런 사건에 대한 경험이 없는 송정한은 노형진이 오버하는 것이 아닌가 하는 생각이 들었다. 그러나 노형진의 생각은 달랐다.

"그런 거라면 다행이지요. 하지만 그렇지 않을 가능성이 높습니다. 단순히 집단 린치나 보복을 가하려면 당사자의 가족이 한꺼번에 사라질 리가 없지 않습니까?"

"으음……."

이번 사건을 진행한 것은 만구파, 정확하게는 만구파에 속해 있는 집단인 세계나눔이라는 곳이다. 그런데 그런 곳의 가족이 한꺼번에 사라졌다?

도피한 것으로 볼 수도 있다. 하지만 도피할 경우에는 전 재산을 가지고 도망가는 것이 일반적이다.

"그런데 모든 재산은 만구파의 재산이더군요."

"그렇지."

만구파는 기본적으로 모든 것에 대한 평등을 강조한다. 그래서 성직자가 신도의 모든 재산을 관리하는 것이 보통이다. 그리고 그들의 표현을 빌리자면 그 성직자란 유일하게 하늘의 역사하심을 받은 성만구다.

"극단적인 상황에서 어떤 일을 벌일지 모르는 일입니다."

"하지만……."

송정한은 너무 섣불리 판단하지 말라면서 노형진을 진정시키려고 했다. 그 순간 고문학이 다급한 얼굴로 안으로 들어왔다.

"송 변호사님, 큰일 났습니다!"

"왜 그래요?"

"노 변호사님의 부탁으로 이번 사건의 해당 당사자들의 집에 갔는데…… 하나같이 텅텅 비어 있습니다."

"뭐라고요?"

동시에 그 많은 집이 빈다는 게 이해가 가지 않는 송정한이었다. 하지만 노형진은 그 목적을 대충이나마 알 것 같았다.

"애들은 얼마나 됩니까?"

"대략 열두 명 정도 됩니다."

"설마……."

애들 이야기가 나오자 송정한의 얼굴이 이루 말할 수 없이 새파랗게 변하기 시작했다. 집단 자살이라는 것은 말 그대로 집단적 행동이기 때문이다.

"학교에 확인해 봤습니까?"

비록 여러 곳에 학교가 있다고 하지만 아무래도 비교적 나이가 어린 초등학생들은 근처 학교에 다니기 마련이다.

그리고 그 근처를 확인해 봤냐는 질문에 고문학은 걱정스러운 얼굴이 되었다.

"단 한 명만 확인했습니다. 나머지 사람들은 개인 정보라고 안 주더군요. 우연히 다른 피고 한 명의 집에서 아이의 담임선생님이라는 분을 만났습니다. 사흘 전부터 아이가 학교도 나오지 않고 연락도 안 돼서 직접 찾아왔답니다."

"이런 미친!"

송정한도 이쯤되자 무슨 일이 벌어지는 건지 알 수 있었다. 그리고 민시아 변호사의 얼굴은 이루 말할 수 없이 창백해졌다.

"아무리 그래도 그렇지, 이렇게 극단적인 방법을……."

"광신에 빠진 그들에게 지금 상황에서는 이게 최선이니까요."

만일 재판에서 지면 모든 책임은 성만구가 져야 한다. 즉, 그가 이룩해 놓은 모든 재산을 빼앗기게 되는 것이다. 그러나 반대로 신도들이 그 죄를 뒤집어쓰고 죽게 되면 아무리 노형진이라고 해도 방법이 없다. 재판에서 이길 수 있는 게 문제가 아니라 동일한 문제의 재발을 막기 위해서는 소송 자체를 취하하는 수밖에 없기 때문이다.

쉽게 말해서 지금 만구파는 신도들의 목숨을 걸고 협박하는 셈이다.

"막아야 합니다!"

아이들이 열두 명이라면 그 부모의 수는 스물네 명이다. 즉, 최소 서른여섯 명의 피해자가 생길 수도 있다는 것이다.

"무슨 수로……."

"만구파가 모일 만한 곳이 어디 있죠?"

"만구파의 재산은 전국에 퍼져 있습니다. 도무지 감을 잡을 수가 없습니다."

고문학은 바로 대답했다. 이야기를 듣고 혹시나 하는 마음에 사방에 알아봤지만 계획을 실행할 만한 곳이 너무나 많았다.

"아마…… 가까운 곳은 아닐 겁니다. 먼 곳이고, 대형 시설일 겁니다."

"왜 그렇게 생각하시죠?"

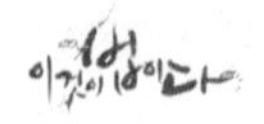

"집단 자살의 경우 저항자가 나올 수밖에 없습니다. 특히 아이들을 생각하는 여자들은 더욱 말입니다. 그렇다면 그들이 이탈하지 못하게 할 게 뻔합니다. 더군다나 차를 놓고 갔다는 것은 집단으로 이동했다는 건데 이는 즉, 멀리 간다는 뜻입니다."

"음……."

고문학은 열심히 가능성이 있는 곳을 확인하기 시작했고 송정한은 주저하지 않고 전화기를 들었다.

"여보세요? 경찰이죠?"

그는 최대한 상황을 설명했지만 얼마 지나지 않아서 욕설을 하면서 전화기를 집어 던졌다.

"이런 싯팔!"

원래 그런 식으로 욕하는 타입이 아닌 걸 아는 사람들은 뭐가 단단히 잘못되었다는 사실을 깨달았다.

"장난 전화하지 말란다. 말도 안 되는 소리 하면 고발하겠단다."

"이런 무능한 새끼들."

경고해 주는데도 이 꼴이다.

"중수부장님한테 전화해야 할 것 같군요."

"중수부장님?"

"네, 김성식 중수부장님이라면 어떻게든 해 줄 수 있지 않겠습니까?"

"아! 그렇지!"

다른 곳도 아니고 대한민국검찰 중앙수사본부 부장이라면 경찰에서 찍소리도 못할 것이다.

"그게 좋겠습니다. 장소가 많지만 우리가 아니라 각 지역의 경찰들을 보내서 확인하면 금방일 겁니다."

노형진은 그 말에 더 이상 이야기할 것도 없이 바로 전화기를 들었다. 그리고 이야기를 들은 김성식은 그 어느 때보다 깜짝 놀랐다.

"뭐라고? 집단 자살?"

"집단 타살일 수도 있습니다. 하여간 분위기가 심상치 않습니다."

"아무리 광신도라고 해도 그렇지……."

"농담이 아닌 거 아시잖습니까?"

"그거야……."

한국에서는 이런 사건이 흔하지 않다 해서 전 세계적으로도 이런 사건이 없는 것은 아니다. 더군다나 이를 반대로 말하면 최소한 한 번은 이런 미친 짓이 벌어졌다는 뜻이다.

"하지만 우리가 확인해야 하는 곳이 어딘지도 모르네."

"제가 메일로 바로 주소를 보내 드리겠습니다. 경찰을 보내서 확인 부탁드립니다."

"알았네. 바로 부탁하네. 내 전국 경찰망을 이용해서 수색해 보지."

"감사드립니다."

노형진은 바로 메일로 주소를 보냈다.

"그럼 우리는 기다려야 하나요?"

"아닙니다. 다른 가능성도 생각해 봐야 합니다."

"다른 가능성이라면……."

"저들은 지금 자신들의 종교를 위해서 일종의 순교를 한다고 생각합니다. 문제는 자기네 시설에서 순교하게 된다면 자기네 시설이 곤란해질 수도 있다고 생각했을 수도 있다는 거지요."

"그거야 그렇지."

"그렇다면 다른 곳을 찾아볼 필요성이 있습니다."

"으음……."

워낙 큰 사건이다 보니 부정할 수가 없었다. 분명 저들이 그런 계획을 짤 수도 있기 때문이다.

"하지만 그걸 어떻게 찾습니까? 대한민국의 어디든 될 수 있을 텐데."

그게 문제다. 관련 서류라도 남아 있다면 노형진이 기억을 읽을 수라도 있겠지만 지금은 그게 쉽지 않았다.

"정보…… 정보……."

정보를 더듬거리던 노형진의 머릿속에 한 가지 가능성이 스치고 지나갔다. 핸드폰.

"핸드폰?"

"그 살려 달라고 온 문자 있잖습니까? 최소한 그걸 보낼 시점에는 그 위치에 있다는 것입니다. 운이 좋다면 그 장소일 수도 있고, 그게 아니라 하더라도 그쪽으로 이동하는 중일 수도 있습니다."

"아!"

"일단 부장님한테 말씀드려서 이야기해 봅시다. 위치를 추적할 수 있을 테니까요. 아니, 일단 출발합시다. 서울은 벗어나야 할 것 같으니까."

노형진은 마음이 다급했다.

⚖

"경찰입니다. 그곳에서 사람은 못 찾고 부서진 핸드폰만 발견했답니다."

"젠장!"

노형진은 내려가면서 욕할 수밖에 없었다. 발견된 장소는 고속도로였다. 누군가 핸드폰을 바깥으로 던져 버린 듯하다.

"아마도 누군가 문자 보내는 걸 발견한 것이겠지요."

그러고는 그걸 낚아채서 바깥으로 집어 던졌을 것이다.

"그쪽 도로에서 갈 수 있는 장소가 몇 군데요?"

"아홉 군데쯤 됩니다."

'너무 많아…….'

노형진은 이를 빠드득 갈다가 문득 핸드폰에 생각이 미쳤다.

'그래, 그 핸드폰에는 장소에 대한 기억이 있지 않을까?'

그럴 가능성이 높다. 빠르고 체계적으로 움직이는 걸 봐서는 분명 사전에 계획되어 있을 것이다. 그렇다면 그녀가 그곳에 가면 죽는다는 걸 알고 살려 달라고 문자를 보냈을 가능성이 높다.

"그 경찰서로 갑시다."

"네?"

"그 경찰서로요."

"하지만 반대인데요?"

"그래도 가야 합니다."

노형진이 다그치자 무태식은 바로 차를 돌렸다.

그곳에 도착한 노형진은 경찰서에 들어가서 증거를 보여 달라고 성화했다. 중간에 약간의 실랑이가 벌어지긴 했지만 김성식의 전화 한 방으로 모든 것이 해결되어 노형진은 그 핸드폰의 기억을 읽을 수 있었다.

고장 난 전화기를 살피는 그의 행동에 다른 사람들이 이해할 수 없다는 듯한 표정을 지었지만 이유를 설명할 시간이 없었다.

'이런 염병…….'

다행인 것은 그녀가 목적지와 그곳에서 무슨 일이 벌어질지를 정확하게 알고 있다는 점이었다.

계속 떠올리고 있었던 덕분에 그곳이 어딘지 알 수 있었지만, 불행히도 그곳이 현재 새론과 검찰에서 찾는 곳과는 전혀 다른 엉뚱한 곳이었다.

즉, 각 지역에 있는 경찰이 엉뚱한 만구파의 건물을 뒤지는 사이 이들은 다른 곳에서 일을 끝냈을지도 모른다는 뜻이었다.

"대구입니다."

"뭐라고요?"

"대구입니다. 이런 미친 짓을 할 거라고는……."

대구에 있는 작은 별장. 그곳은 새로 생긴 신입 신도들을 교육시키는 장소로, 신도의 명의로 되어 있어서 기록에 나오지도 않았다.

"빨리 갑시다!"

노형진은 뛰어가려다가 무태식의 손에서 자동차 키를 빼앗았다.

"노 변호사님!"

무태식은 말리려다가 포기했다. 자신이 아무리 밟아도 노형진처럼 빨리 가지 못한다는 걸 아는 탓이다.

"기다리세요!"

그는 다급하게 노형진을 부르며 뛰기 시작했다.

"……."

노형진이 사력을 다해 과속해서 해당 장소에 도착했을 때는 미리 연락받은 경찰들이 그곳에 들이닥친 후였다.

그러나 그들이 발견한 것은 결코 보고 싶지 않은 장면이었다.

"이럴 수가……."

노형진은 멍하니 그 안을 바라보았다. 하얀 천으로 덮인 수많은 시체들. 여기저기 돌아다니고 있는 의사.

"산 사람은 없습니까?"

경찰은 그를 힐끗 보다가 참담한 얼굴로 고개를 흔들었다.

"온다던 그 변호사님이신가 보군요……. 아쉽게도…… 없습니다."

"어…… 없습니까……?"

노형진의 목소리는 어느 때보다 격하게 떨리고 있었다.

"네."

"도대체…… 얼마나……?"

"아이들을 포함해 마흔여섯 명입니다."

그 말에 노형진은 자신도 모르게 눈을 질끈 감았다. 자신이 생각하던 최악의 사태가 벌어지고 말았던 것이다.

"자네 잘못이 아닐세……."

김성식은 변호사 사무실까지 직접 와서 노형진과 다른 변호사들을 위로했다. 외부에서 이상하게 볼 수도 있는 일이지만 그냥 넘어가기에는 사건이 너무 컸다.

"고작 그걸 가지고……."

"자네는 몰랐나 보군. 고작이 아니야. 자네 말고도 엄청난 소송이 걸렸다네. 아무래도 사고를 쳐도 좀 크게 쳤던가?"

"그렇습니까?"

"그래."

투자 명목으로 빌린 돈부터 비슷하게 복지한다고 받은 돈까지, 수사 중인 사건의 총액만 벌써 150억을 넘는단다.

"몰랐습니다."

"알면 그게 이상한 거지."

다른 사건들은 외부에 전혀 알려지지 않았다. 물론 알아보려고 한다면 못 알아볼 것도 없지만, 노형진은 거기까지 알아보려 하지 않았다.

"사건이 끝나면 원금만 150억에 더 많은 돈을 토해 내야 하는 상황이었네."

"그래서……."

"그래."

안쪽에서 발견된 서류들. 거기에는 자신들이 몰래 한 짓이니 만구파에서는 전혀 모른다는 식으로 조작되어 있었다.

"아마도 가짜 증거겠지만…… 재판부에서는 받아들일 수밖에 없겠지."

무려 마흔여섯 명이나 죽은 사건이다. 그걸 인정하지 않고

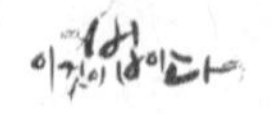

재판하면 과연 얼마나 더 죽을지 모를 일이다. 그리고 그걸 노리는 것일 테고 말이다.

"피해가 얼마나 됩니까?"

"아이들이 열다섯 명에 어른이 서른한 명일세."

"이런 싯팔! 도대체 저항도 안 하고 뭐했대요!"

무태식은 흥분을 감추지 못하고 길길이 날뛰었다. 그로서는 이런 미친 짓을 이해할 수가 없었으리라.

"부검이 다 끝나지는 않았지만…… 몇몇 남자들이 주동한 듯하네. 그들이 마신 걸로 보이는 음료수에서 동물성 마취제가 나왔네. 아이들에게 그걸 먹게 하고 먼저 목을 졸라서 죽인 모양이야. 그 후에는 여자들. 그리고 살아남은 자들은…… 목을 매달았네."

가장 흔하게 쓰는 방법이다. 그나마 다행인 건 한국이라는 거다. 미국 같은 곳에서는 아예 방에 넣고 수류탄을 던지거나 총으로 쏴 버리기까지 하니 말이다.

"정부에서는 뭐라고 합니까?"

"대대적으로 단속이야 하겠지만……."

안다.

방법이 없다.

정부에서 온갖 탈세부터 잡다한 것까지 다 수사하겠지만 어찌 되었건 종교다. 믿음이 있는 사람들이 있는 이상 그걸 막을 수는 없다. 그리고 언젠가 사람들의 기억이 가물가물해질 때쯤 그들은 다시 나타날 것이다.

"미안하네."

"저에게 미안하실 건 없습니다……."

노형진은 우울하게 말했다. 그러나 모든 힘이 빠지는 것은 어쩔 수가 없었다.

미래를 위한 계획

노형진은 뉴스를 보면서 얼굴을 찌푸렸다.

"왜 그러나, 노 변호사?"

"이거 때문에요."

노형진이 내민 것은 다름 아닌 《법률저널》이라는 법조계 사람들에게만 배포되는 일종의 직업 신문이었다. 그곳에는 로스쿨 관련 법률이 통과되었다고 시끌벅적하게 뉴스가 올라와 있었다.

"이게 무슨 문제라도 있나?"

"있지요, 심각하게."

노형진은 미래에 대한 기억 속에서 로스쿨에 대한 폐단을 온몸으로 느낀 사람이었다.

애초에 로스쿨을 계획했던 대통령은 이걸 만든 이유가 다수의 사람들에게 공평한 법률적 지원을 한다는, 쉽게 말해서 노형진과 동일한 목적을 가지고 계획한 거였다.

하지만 그걸 만들게 된 정치인들은 자신들의 이권과 욕심을 주저하지 않고 투영했고 그 결과, 미래의 로스쿨은 돈 스쿨, 또는 쩐 스쿨이라고 불리면서 온갖 문제점의 골칫덩어리가 되어 버렸다.

'완전 개판이었지.'

로스쿨의 첫 번째 문제점은 바로 돈이었다.

공식적으로 로스쿨의 기간은 3년. 그 학비가 1억을 살짝 넘는다. 문제는 그 학비에 생활비, 교재비 같은 비용이 포함되어 있지 않다는 점이다. 따라서 그 모든 비용을 합치면 3년에 최소 2억 이상의 돈이 들어간다.

즉, 돈이 있는 사람에게만 그 교육이 돌아가게 된다는 뜻이다. 재능이 있어도 돈이 없으면 과거의 사법시험처럼 자신의 능력만으로 절대 성공하지 못한다.

두 번째 문제점은 졸업자들의 부족한 실력이다. 로스쿨 출신들은 자신들이 스스로 공부한 사법시험 출신과 다르게 지속적으로 교육받는다.

문제는 그러다 보니 스스로 한 것과 남이 한 것의 차이가 커서 그 실력이 좋다는 소리를 못 한다는 것이다.

그리고 세 번째 문제점이 인성의 부재. 로스쿨 출신 검사

가 강간 피해자를 강간하거나 판사가 대놓고 돈을 요구하는 등 심각한 문제가 있었다.

마지막으로 네 번째 문제점이 청탁이다.

로스쿨이 생기자 온갖 청탁을 통해서 돈 가진 자나 권력을 가진 자들의 아이들이 로스쿨에 들어가게 된다. 결과적으로 미래에서는 로스쿨이 공평한 법률 지원을 위한 법조인들의 양성이 아닌 빈익빈 부익부, 부와 계급의 계승을 목적으로 이용될 뿐이었다.

"어떻게 생각하십니까?"

"하긴…… 내가 봐도 이건 미친 짓인 것 같기는 하더군."

노형진은 미래의 경험을 그저 가능성이라며 말해 줬지만 송정한은 그걸 부정하지 않았다.

"법률이라는 게 단순한 게 아닌데 말이야."

당장 사법시험의 구조만 해도 일반적으로 법대 4년에 사법시험을 준비하는 기간만 최소 2년 그리고 사법연수원이 2년이다. 즉, 8년이나 걸린다.

물론 시간이 너무 많이 드는 문제가 있기는 하지만 제대로 된 법을 배우기 위해서는 그 정도의 시간이 걸린다는 뜻이다.

"그런데 3년? 그건……."

재판이라는 것은 법조문에 대한 지식만으로 할 수 있는 것이 절대 아니다. 그런 거라면 일반인도 인터넷에서 법조문을 찾아서 할 수 있다.

아 다르고 어 다르다는 게 법이라는 것처럼 해석과 판례 그리고 그걸 논쟁하는 능력은 별개라는 말이다. 어떤 법이 존재하면 그걸 파훼하는 법률 역시 존재하기 때문이다.

"어떻게 생각하세요?"

"전적으로 자네 말에 공감하네. 새로 나온 사람들이야 실력이 부족한 건 당연하겠지만 이런 식으로는 절대 공평한 게임이라고 할 수 없지."

새론이 급격하게 성장하면서 수많은 변호사들을 선발하고 있다. 주로 아직은 때묻지 않은 젊은 변호사들이다. 문제는 그들이 실력이 많이 부족하다는 것. 그래서 노형진이 이런 시스템을 만든 것이고 말이다.

"아마 이게 실행되면 빈익빈 부익부가 더욱 가속될 겁니다."

"분명히 그럴 테지."

그건 변호사들 만의 문제가 아니다.

가난한 사람은 이제 막 변호사 자격증을 딴 로스쿨 졸업생에게 일을 맡길 테고 부자는 전관이나 최소한 아주 경험이 풍부한 사람에게 맡길 테니 이건 시작도 하기 전에 승패가 난 것이나 마찬가지다.

"사법연수원 제도와는 다르게 최소한의 준비도 없이 바깥으로 나갈 테니까."

"그렇지요."

원래 사법연수원의 목적은 이론으로만 배운 것을 실전에

적용하기 위한 것이다. 하지만 로스쿨이 생기자 그것은 로펌에서 짧은 기간 연수받게 되는 걸로 바뀌었다.

'문제는 그게 아주 개판이었다는 거지.'

돈 있고 권력 있는 집 자식은 유명한 로펌에서 연수하며 그렇지 못한 사람들은 좀 덜 유명한 곳에서 연수한다. 문제는 그보다도 못한, 즉 일반적인 사람들이다.

그들에게는 연수 자리조차 나지 않아 결과적으로 연수받아야 변호사 사무소를 개업할 수 있는 조건조차 채울 수 없게 된 것이다.

부랴부랴 정부에서는 변호사 협회와 연수 교육이라는 형태로 자리를 만들기는 했지만 한 회당 수백 명씩 배우는데 그게 제대로 전달될 리가 없다.

그리고 그것 역시 권력의 계승으로 나타났다.

"사법시험은 존치시켜야 하는데 말이지."

"그럴 리가 있나요."

사법시험은 권력이 끼어들 여지가 없다. 아무리 부잣집에, 권력이 있더라도 사법시험은 결국 성적이다.

아무리 대단한 권력가라고 해도 사법시험 성적을 조작할 만큼 간땡이가 부은 사람은 없으니 당연히 사법시험 출신의 실력이 좋을 수밖에 없다.

그에 비해 로스쿨은 원하는 대로 조작하기 쉽다.

면접이나 논술, 구술, 가산점 등 결국은 뽑는 사람 마음이니까. 당연히 가진 사람이 들어가기 쉬운 게 현실이다.
"원안대로 갔어야 하는데."
대통령이 제안했던 원안은 상당히 합리적인 방식이었다. 그러나 정치인들은 자신들의 이권을 위해 거의 난도질해서 넘겨 버렸다.
'나중에는 통과시키지 않느니 못하게 되었다고 탄식할 정도였지.'
농담이 아니다. 애초에 로스쿨은 가진 자 그리고 권력자의 자식들이 쉽게 자리를 잡을 수 있는 형태로 설계된 것이다.
"그래도 우리가 뭘 어쩌겠나, 법이 그런 걸."
"그래서 우리가 지금 나서야 한다고 생각합니다."
"우리가 나서다니?"
"지금이야 멀쩡하지만 미래에는 변호사들의 질이 하락할 것이 뻔합니다."
"그렇겠지."
실제로 로스쿨 변호사들이 일자리를 못 구해서 법원 5급 공무원 시험에 도전해 봤는데 단 한 명도 합격하지 못했다.
판검사나 변호사를 꿈꾸던 사람들이 법원에서 일하는 5급 공무원만도 못한 실력을 가지고 있었다는 소리였다.
"그러니 차라리 로스쿨 커리큘럼을 우리가 만드는 건 어떨까요?"
"커리큘럼을?"

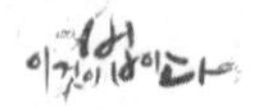

"네, 우리의 주특기가 뭡니까?"

"사건의 체계화와 구체화지. 확실히 도움은 많이 되겠지만…… 그건 좀 그렇지 않나?"

송정한은 약간은 거북스러워 보였다. 하긴 그도 법조인이면서 노형진의 이상을 이해하고 동참하는 사람이기는 하지만 한편으로는 사업가로서 사업을 구상해야 한다.

만일 자신들이 체계화한 공략 방법을 공개하면 사업적 메리트가 사라지는 셈이다.

"압니다. 다 공개하자는 게 아닙니다."

"그럼?"

"아직 로스쿨이 결정된 건 아닙니다. 그러니 우리와 제휴된 로스쿨 하나쯤 가지고 있어도 문제없지 않겠습니까?"

"제휴?"

"네."

"결국 우리가 쓸 자원을 우리가 키우자는 건가?"

"그렇지요."

"흠……."

확실히 새론의 확장세는 무섭다. 지금도 밑에서 더 많은 변호사를 뽑아 달라고 성화다. 심지어 지방에서도 사건을 맡기겠다고 찾아오고 있기 때문이다.

하지만 지금의 새론의 상황에서는 지방 쪽 사건은 손도 대지 못할 정도다.

"결과적으로 우리는 지점을 내지 않을 수 없습니다."

"그거야 그렇겠지."

서울 사람만 억울하고 지방 사람은 억울하지 않은 건 아니다.

'앞으로는 지방 쪽의 사건이 점점 많아질 거야.'

미래에는 은퇴한 베이비 부머 세대들이 하나둘씩 시골로 내려가게 된다. 문제는 이미 여러 사례들을 통해 경험했다시피 시골은 집단적인 권력 의식, 즉 텃세라는 게 장난이 아니라는 점이다. 심지어 외부에서 왔다는 것만으로 한 여자를 집단 강간하고도 은폐할 만큼.

결과적으로 지방의 사건이 극단적으로 많아질 시기가 얼마 남지 않았다.

'그것도 준비해야 하고.'

현재 한국에서 실력 있는 변호사는 무조건 서울로 몰린다. 그래서 지방민은 제대로 된 변호를 받는 것이 쉽지 않다. 하지만 지점을 내고 공략법을 공유하게 된다면 그런 위험이 없어진다.

"제휴라……. 좋은 방법이기는 하지만 말이야. 단순히 우리가 제휴를 걸고 한다고 뭐가 바뀌겠는가? 기껏해야 합격하고 연수나 하는 정도지."

"제가 말하는 건 단순히 그 정도가 아닙니다. 아예 처음부터 실전적으로 교육하자는 거죠."

"실전적 교육?"

"네."

"음……."

실전적 교육은 확실히 이점이 많다. 졸업하고 바로 투입할 수도 있다. 로스쿨이든 사법연수원이든 결과적으로 실전적 교육은 아니다.

"물론 실전적 교육이 좋은 건 안다네. 하지만 자네도 알다시피 그런 교육법은 문제가 있지 않은가?"

바로 시간. 실전적 교육법은 확실하게 가르칠 수는 있지만 시간이 오래 걸린다.

"그래서 우리가 제휴하자는 겁니다."

"설명해 주겠나?"

"어차피 저들은 나오면 연수받아야 합니다. 그런데 그 연수를 개별적으로 미리 받는다면 어떨까요?"

"연수받는다?"

"네, 제 방식을 도입하는 겁니다."

"아!"

노형진의 방식.

그건 노형진이 일할 때 신입 변호사들을 데리고 다니면서 실전적 교육을 하는 방식을 말한다. 노형진이 사건을 맡게 될 때면 신입들은 그를 따라다니면서 일을 배우게 된다.

"우리 쪽에서 변호사들에게 지원 차원에서 한 명씩 붙여 주는 겁니다. 방학 동안에나 시간이 있을 때 그들은 우리의 일을 해 주는 거죠. 어차피 우리는 사람을 뽑아야 하지 않습니까?"

"그렇지!"

로펌에서는 변호사뿐만 아니라 그 사건을 정리해 줄 직원도 뽑는다. 그런데 새론의 경우는 정보 팀을 따로 운영하기 때문에 사람을 더 많이 뽑아야 한다.

"그러니 이들이 서류 정리나 판례 검색 같은 일을 해 주는 겁니다. 물론 정식 직원은 아니고 아르바이트의 개념이 되겠지요."

"좋은 생각이군."

새론의 입장에서는 아무래도 상대적으로 싼 가격에 법률적 지식이 있는 사람들을 구할 수 있다. 배우는 중이라고는 하지만 최소한의 법률적 지식을 가지고 있으니 말이다.

반대로 학생들의 입장에서는 바로 옆에서 변호사와 함께 사건을 담당하고 현실의 사건 자체를 배울 수 있는 기회를 얻을 수 있다. 3년간 그렇게 배운다는 것은 상당한 이점으로 작용할 것이다.

"좋은 생각이군."

그런 변호사들 중에서 일부 실력이 좋은 변호사들은 끌어올 수 있다.

아무리 대학별로 학벌이 다르다고 하지만 3년의 실전 경험은 무시할 수준이 아니다. 전쟁터에서 2년간 살아남은 병장이 이제 막 전쟁터에 부임한 소대장보다 훨씬 잘 알고 있는 건 당연한 일.

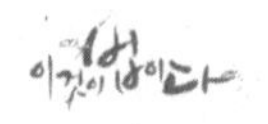

"하지만 그거 쉽겠나?"

좋은 생각이기는 하지만 문제는 과연 어떤 대학이 그런 걸 받아 주느냐는 것이다.

"그러니까 우리 만의 커리큘럼이라고 하는 겁니다. 어차피 이제부터 로스쿨 허가를 받기 위한 싸움이 시작될 겁니다."

"그렇겠지."

법학과가 여러 대학에 있어 법을 배울 곳은 많다. 하지만 시험을 보고 변호사 자격을 딸 수 있는 학교는 로스쿨뿐이다. 사법시험이 폐지되는 상황에서 로스쿨이 아닌 법학과는 필연적으로 도태될 수밖에 없다.

"그런 조건이라면 다른 학교들보다 훨씬 통과되기 좋지 않겠습니까?"

"그렇겠군."

로스쿨이 되기 위해서는 어떤 식으로 교육할지 커리큘럼을 짜서 정부에 제출하고 심사받아야 한다. 문제는 결과가 뻔하다는 것이다. 고만고만한 계획서에서 자신들과 제휴하는 학교는 눈에 띌 수밖에 없다.

"그리고…… 대룡을 끼워 볼까 합니다."

"대룡을?"

노형진은 자신의 길을 가는 타입이지, 대기업에 기대는 타입이 아니다. 지금까지 대룡과 함께한 것이야 어쩔 수 없으니 그런 것이었지만 말이다. 그래서 대룡이 억대 연봉을 부르며 애타게 오라고 불렀음에도 신경도 안 쓴 사람이 노형진이다. 그런데 먼저 대룡을 끌어들이다니?

"백년대계는 제 욕심만 차릴 수 없으니까요."

"백년대계라……. 맞는 말이지."

교육은 미래를 지배한다. 그러니 모든 교육이 중요하지만 그중 가장 중요한 걸 뽑으라면 당연히 법률에 대한 교육이라고 할 수 있다. 아무리 기술이 좋고 시스템이 잘되어 있어도 법률이 제대로 되어 있지 않으면 결국 권력자들의 시녀가 되어서 세상이 썩어 버리니까.

'미래가 그랬지.'

사실 한국의 시스템은 다른 나라에 비해서 지극히 비효율적이거나 반인간적인 것은 아니다.

그럼에도 불구하고 나라가 망해 가는 건 비리 같은 것이 제대로 처벌받지 않아 정당하게 돈을 버는 것보다는 부당하게 돈을 버는 게 더 편하기 때문이다.

"하지만 대룡이 과연 관심을 가질까?"

"가질 겁니다, 분명히."

유민택은 노형진이 만나자는 말에 기대하고 있었다. 혹시나 대룡에 있는 법무 팀으로 오지 않을까 하는 기대 말이다.

그런데 만나서 들은 이야기는 전혀 생각도 하지 못한 뜬금없는 말이었다.

"학교에 투자해 달라고?"

"네."

"우리는…… 그런 계획이 없네만."

"많은 돈은 아니지 않습니까?"

"적은 돈도 아니지."

"하지만 평등재단의 수익이 상당한 걸로 알고 있는데요?"

"그거야 그렇지."

대룡평등재단은 공식적으로 피해자의 법적인 지원을 위해서 발족한 재단으로 대룡이 지원하고 있다. 그런데 한국의 특성상 피해자는 딱히 돈이 많이 드는 건 아니다.

그래서 홍보는 홍보대로 해서 수익은 많이 나는데 그다지 많은 돈이 드는 것도 아니어서 점점 잔고가 늘어나는 상황.

"그걸 확대하는 겁니다."

"확대라……. 그거야 좋은 생각이기는 하지만 실질적으로 우리에게 도움이 되는 건 없지 않은가?"

"왜 없다고 생각합니까?"

"그거야……."

단순한 장학금이라는 것은 사실 그다지 의미가 없다. 물론 받는 사람의 입장에서는 참 고마운 게 장학금이지만, 기업의 입장에서 선의로 투자하는 돈은 그냥 사라지는 것일 뿐이다.

"유 회장님, 아직도 모르시겠습니까? 우리나라의 기업들은 상생하지 않습니다. 그 와중에 함께 살자고 손을 내미는 거인에게 화내는 사람이 있을까요, 다른 거인들이 자신들을 잡아먹으려고 하는 상황에서?"

"흠……."

그 말에 유민택은 잠시 고민에 빠졌다.

'확실히 손해는 아니란 말이야.'

현재 유민택은 노형진의 설득과 필요에 의해서 두 가지 상생 방안을 내놓았다. 실질적인 목표는 성화를 날려 버리는 것이었지만 그건 성화에게 타격을 입힐 뿐만 아니라 기업 전반의 이미지 재고 효과도 불러왔고, 그로 인한 수익 창출은 상상 이상이었다.

"그럴지도 모르겠군. 어쩌면 자네 말대로 이제는 상생을 준비해야 하는 시대인지도 몰라."

기존에는 그저 기업만 잘나가면 떼돈을 벌었다. 하지만 유민택이 이번 일로 느낀 건 이제는 그런 시대가 지나가고 있다는 것이었다.

'협회 건도 그렇고 우유 쪽도 그렇고 말이야.'

대룡엔터테인먼트는 솔직히 생각지도 못한 일이 되었다. 애초에 성화엔터테인먼트만을 목표로 만든 것이었다. 그리고 확실히 성화엔터테인먼트에 타격을 입혔다.

그런데 그 후에 생각지도 못한 일이 벌어졌다. 그렇게 뭉쳐 있다 보니 아무래도 재능 있는 아이들은 성공할 수밖에 없었는데, 그 가수들은 기회가 날 때마다 대룡의 도움 덕분에 성공했다고 언급했다.

그게 본심인지, 추가적인 지원을 원하는 건지는 알 수 없었지만 어찌 되었건 홍보 부서에서 분석하기로는 수천억을 들여서 광고하는 것보다 훨씬 효과적이라는 결과가 나왔다.

즉, 가수 자체가 걸어 다니는 대룡의 광고판이라는 것.

우유도 그렇다.

성화 우유에 타격을 입히기 위해 무리하게 끼어든 사업이라 실질적으로 실패했다고들 말했는데, 대룡평등재단에 더불어 고객이 피해를 입어 법적인 도움이 필요할 경우 지원해준다는 소식이 들리자 어쭙잖은 경품보다 훨씬 도움이 된다고 생각한 대다수의 부모님들이 대대적으로 대룡우유로 갈아탔다.

그러자 생산량이 소비량을 따라가지 못할 정도로 매출이 증가하는가 싶더니, 결국 성화를 제치고 순식간에 국내 우유 시장의 2위가 되어 버렸다.

그걸 본 홍보 팀은 아예 다른 기업들, 즉 전자나 자동차 같은 기업들까지 제휴하자고 건의하고 있는 상황.

"상생이라……."

당장은 돈이 안 될지도 모른다. 하지만 노형진은 분명 길을 찾아낼 거라는 걸 유민택은 믿고 있었다.

"좋네. 단, 조건이 있네."

'내 그럴 줄 알았지.'

노형진 역시 조건을 달 거라는 걸 모르지는 않았다. 어찌 되었건 그는 사업가다.

"첫째, 현재 운영 중인 대룡평등재단이 대룡의 다른 기업들과 지원 계약을 하는 것에 동의해 주게나."

"그건 회장님이 결정하실 일 아닙니까?"

"그래도 자네가 주주로 있는데 동의를 얻는 게 좋겠지."

노형진은 고개를 끄덕였다. 어차피 평등재단이 많이 지원받을수록 사람들에게 도움을 주기 쉬워진다.

물론 그걸 이용해서 홍보하려는 대룡의 목적을 모르는 바는 아니다.

'뭐, 상관없지.'

어차피 홍보란 당연한 일이니까. 하지만 그래도 브레이크는 필요한 법.

"동의합니다만 자동차나 건설같이 덩치 큰 쪽은 빼십시오."

"응? 왜?"

"의미가 없으니까요."

"의미가 없다?"

"네."

"왜 의미가 없다는 건가?"

"비싼 물건이라서요."

대룡우유나 전자 쪽은 아주 비싼 가격이 아니다. 결과적으로 그걸 먹거나 사면 대룡에서 비상시 법률적 자문을 해 준다는 것이 상대적으로 이득처럼 느끼는 건 당연한 일.

하지만 자동차쯤 되면 이야기가 달라진다. 가격이 비싼 데다가 그걸 살 때쯤이면 우유든 전자제품이든 대룡의 제품이 하나씩은 있기 마련이다.

그럼 그 사람의 입장에서는 도리어 자신이 비싼 돈을 내서 남의 변호사비를 내주는 거 아닌가 하는 생각을 하게 될 것이다.

자동차도 그럴진대 하물며 집같이 고가의 물건이라면 대룡의 변호사비가 들어가서 비싼 거냐는 소리가 100% 나올 게 뻔하다.

"아! 그건 생각을 못 했군."

홍보실에서도 생각하지 못한 큰 문제점에 유민택은 깜짝 놀랐다. 기껏 올려놓은 이미지를 한 방에 깎아먹을 뻔했다.

"인간은 원래 손해 보기 싫어합니다. 우유나 전자 제품은 모르지만 비싼 제품에까지 제휴를 걸면 분명 변호사 비용 때문에 가격이 비싸졌다는 얼토당토않은 소리가 나올 겁니다."

"그렇겠지."

그렇게 된다면 슬금슬금 이탈하는 사람도 있을 것이다. 자기가 손해 봤다고 생각하면 마음에 안 드는 게 당연한 일이니까.

"알았네. 이거, 이거…… 생각도 못한 문제군. 내 염두에 두도록 하지. 두 번째 조건은……."

"압니다. 성화겠지요."

"잘 아는군."

"뉴스를 보니까요. 방사능이라니…… 아주 제대로 작정한 모양입니다."

얼마 전 대룡은 성화에게 한 방 먹었다. 대룡건설이 건설한 아파트 건설 현장에 들어가는 건축자재를 바꿔치기한 것이다. 그것도 아주 절묘하게 바꿔치기했다.

'성화, 아니 이번에는 청계 솜씨겠지. 망할 새끼들.'

방법은 간단했다. 대룡이 거래하는 자재 공급 기업에 성화가 접근해서는 급하게 필요하다면서 자재 여유분을 1.5배 가격에 사 가고 심지어 나중에 돌려주겠다고 약속한 것이다.

그곳 사장은 비싼 가격에 돌려주기까지 한다고 하니 여유분 자재를 성화에 공급했고 성화는 약속대로 3개월 후 그 자재를 돌려줬다.

당연히 그 자재는 대룡에 공급되어서 아파트 건축에 들어갔는데 얼마 후 치명적인 문제가 터졌다. 건축자재 속에서 방사능이 검출된 것이다.

"그렇게까지 손쓸 거라고는 생각도 못 했네. 소송하고 싶었지만…… 방법이 없더군."

"청계 녀석들이 그렇게 허술하게 할 리 없으니까요."

아파트 한 동이 방사능에 오염되었고 대룡에서는 수천억에 가까운 피해를 입으면서 기껏 건설 중인 아파트를 파괴하고 그 폐자재들을 방사능 폐기물로 처리해야 했다.

화가 난 대룡이 소송하려고 했지만 아니나 다를까, 절묘하게 꼬리를 감춰 놔서 할 수조차 없었다.

'그건 미친 짓이지.'

사실 노형진도 그걸 보고 성화가 단단히 미쳤다고 생각했다. 우연히 직원 중에 방사능 검출기가 있던 사람이 있었으니 망정이지, 안 그랬으면 아파트 단지가 전부 방사능 오염지역이 될 뻔했다.

그렇게 되었다면 대룡에 타격을 입히는 것에 그치지 않고 그곳에 사는 수천 명의 주민들의 목숨을 앗아 갔을 것이다.

"우리와의 싸움을 떠나서 이건 대량 학살 미수일세!"

"그렇지요. 저도 그 부분에서는 동감합니다."

물론 그것만큼 대룡에 확실하게 타격을 주는 것은 없을 것이다. 만일 터졌다면 해당 지역을 대룡이 청소해야 할 뿐만 아니라 사망자에 대한 배상금까지 지불해야 할 테니까.

대룡이 쓰러질 정도의 타격이다.

"비록 한 개 동이라고 하지만 타격이 크네."

아파트는 팔기 위해 만드는 것인데, 제대로 처리되었다고 한들 그런 사고가 난 아파트에 누가 입주하려고 하겠는가?

그 결과, 계획 자체가 취소되어 피해액이 수천억에 달한다.

"성화는 뭐랍니까?"

"모른다고 발뺌하고 있네."

성화가 제3의 기업에서 대룡 측 기업으로 보내는 식으로 서류를 꾸며, 결과적으로 성화가 책임질 일이 없어져 버렸다.

물론 그 반납한 기업은 그 일을 마지막으로 바로 폐업 처리하고 사라져 버렸고 말이다.

"간신히 비등해졌는데 말이야."

질적으로는 대룡이 크지만 수적으로는 성화가 크다. 그래서 밀리다가 노형진의 도움으로 간신히 비등비등해졌는데 이번 타격으로 모든 것이 초기화되다시피 했다.

"뭐. 그 부분에 대해서는 제가 생각해 둔 게 있습니다."

"생각해 둔 게 있어?"

"네."

뉴스에서 그 소식을 듣고 뒷배경을 알아챈 노형진은 진심으로 분노했다.

자기들의 욕심이 중요하다 한들, 어찌 아이들과 어른들을 포함한 수천 명의 목숨을 파리 목숨 취급할 수 있단 말인가?

더군다나 대룡에 이 일로 오게 될 때는 뭔가를 요구할 거라는 걸 그는 예상하고 있었다. 그렇기에 당당하게 올 수도 있었고 말이다.

"지원해 주신다고 하면 당연히 공개해 드립니다."

그 말에 유민택은 이를 빠드득 갈았다.

“자네가 해 준다면 어떻게 해서든 일을 돕겠네.”

“결정된 겁니다.”

노형진은 미소를 지었다.

“단, 준비 기간이 좀 걸릴 겁니다.”

“그건 맡겨 두게. 그나저나 이제 어쩔 건가?”

“일단은…… 학교부터 알아봐야겠지요.”

로스쿨이 될 수 있는, 아니 가치가 있는 학교를 알아보는 것이 중요했다. 어차피 노형진과 대룡의 힘이라면 어지간한 학교는 로스쿨이 될 수밖에 없으니 말이다.

“이 작은 투자가 대한민국 법률계의 미래를 바꿀 겁니다.”

노형진은 그걸 확신하고 있었다.

가치가 없는 부모

“노 변호사, 요즘 왜 죽을상이야?”

“유 회장님과 거래한 게 있어서요. 그걸 준비하느라 좀 바쁘네요.”

“또?”

“하아, 어쩌겠습니까.”

“쯧쯧.”

피골이 상접해 가는 노형진을 보면서 송정한은 혀를 끌끌 찼다. 유민택이 대범하고 존경스러운 사업가인 것은 인정하지만 그가 사람을 굴릴 때는 이가 갈리도록 굴린다는 사실을 모르는 사람은 없다.

물론 그만한 보상을 하기는 한다. 방사능을 우연히 발견한 그 직원은 무려 3억에 달하는 포상금을 받았다.

그렇게 해 두면 당장은 손해일 것 같아도 다른 직원들이 눈에 불을 켜고 자재를 확인하게 되어 다시는 성화가 그런 짓을 못한다는 점에서 도리어 남는 장사라는 걸 유민택은 알고 있었기 때문이다.

“몇 가지 확인하고 있었습니다.”

“그래서 요즘 사건을 줄여 달라고 한 거군.”

“네, 아무래도 이것도 큰 건이니까요.”

“대룡과 성화의 싸움인데 작으면 그게 이상한 거지.”

“하하하, 그나저나 수습은 잘되어 가고 있는 겁니까?”

“뭐…… 우리가 할 수 있는 건 다 한 거지.”

국내가 발칵 뒤집혔던 사건이다 보니 생각보다 처리할 일이 많았다. 특히나 자살한 가족들이 소송하겠다고 해서 그들과 대판해야 했다. 물론 그들의 소송은 턱도 없는 소리였기에 얼마 지나지 않아서 쏙 들어갔지만 말이다.

애초에 자살한 사람들은 범죄자였으니 범죄자가 자살했다고 피해자가 고소당하는 경우는 있을 수 없는 일이었다.

“일단 여러 가지 사건이 있기는 했지만 해결되기는 한 것 같네.”

“그렇기는 하네요.”

비록 좋게 해결된 것은 아니지만 말이다.

“종교 문제는 이제 부담스러워서 하겠어?”

"설마 비슷한 일이 또 생기겠습니까?"

노형진과 송정한은 애써 부정했지만 그들은 알고 있었다, 원래 사건이라는 것은 절대 혼자 오지 않는다는 것을.

이제 제법 더워지는 날씨.

그래서 사람들의 옷이 얇아질 때쯤 회사로 찾아오는 사람들은 점점 많아지고 있었다.

새론은 점점 커져 가고 있었고 '불패 로펌', 또는 '정의의 로펌'으로 불리고 있었다.

그렇게 사람들이 집단 자살의 충격에서 벗어날 때쯤 한 어린 학생이 사무실로 찾아왔다.

"저기…… 실례합니다."

문을 열고 들어오는 학생의 모습에 직원은 고개를 갸웃했다.

"무슨 일이시죠?"

아무래도 업종이 업종인지라 보통 학생이 올 일은 없기 때문이다.

"여기가 새론 법무법인 맞나요?"

"그런데요. 누굴 찾아오셨나요?"

아무래도 직원 중에는 나이가 지긋한 사람도 있기 마련이니 맞이하는 직원은 당연히 부모님이나 오빠나 언니를 찾아온 거라 생각했다. 그런데 그녀의 입에서는 생각지도 못한 말이 흘러나왔다.

"저기…… 의뢰를 맡길 수 있을까요?"

"네?"

그게 새론을 또다시 뒤흔들 의뢰라고는 그녀는 예상하지 못했다.

"의뢰라니?"

송정한뿐만 아니라 다른 변호사들도 생각지도 못한 의뢰에 깜짝 놀랄 수밖에 없었다.

"미성년자라고. 법적으로 어떤 것도 행할 수 없는 나이야."

"법정대리인의 동의를 받은 거야?"

미성년자는 기본적으로 모든 일을 법정대리인의 동의를 얻어서 해야 한다. 물론 작은 과자를 사는 일 같은 건 상관없다지만 이런 법적인 의뢰 같은 것은 당연히 법정대리인이 하도록 되어 있다.

"그거 때문에 왔는데 동의가 있을 리가 없잖아요."

"끄응…… 그렇지……. 이거 어쩌지?"

담당 직원은 그녀가 마음 놓고 이야기할 수 있도록 여성 변호사 중에서 어린 편인 민시아 변호사에게 상담을 부탁했고, 그렇게 상담한 민 변호사는 자신의 능력으로 해결할 수 없는 사건이라는 사실을 알고 그날 저녁 급하게 회의 소집해 달라고 송정한에게 부탁했다.

"민 변호사, 자세히 좀 이야기해 봐요. 무슨 일입니까?"

재판이 있어 자세한 이야기를 듣지 못했던 남상주 변호사가 부탁하자, 그녀는 다시 이야기하기 시작했다.

"강수련이라는 아이인데요."

나이는 올해 열여섯 살. 중 3이란다.

"그 애가?"

살짝 얼굴을 봤던 노형진은 깜짝 놀랐다.

'요즘 애들이 발육이 좋다고는 들었는데.'

아무리 봐도 중학생으로 보이지는 않았던 것이다. 대학생 쯤으로 보였는데 말이다.

"그런데 어머니랑 아버지가 만구파 신도래요."

"또 만구파야?"

바로 얼마 전까지 큰일이 있었기에 남상주 변호사는 얼굴을 찡그렸다. 만구파라는 이름은 자신에게 반갑지 않은 이름이었기 때문이다. 아니, 반가운 사람은 없을 것이다.

"그런데 그 내부 교리 때문에 우리를 찾아온 거예요."

"교리?"

"네."

만구파 내부 교리. 신도와 신도의 자식이자 신도인 사람들끼리만 결혼이 가능하며 그 대상은 교단에서 정해 준다는 것이다. 쉽게 말해 어릴 때 약혼시키며 그 약혼 대상은 교단에서 정해 준다는 것.

"그래서 자신에게도 약혼자가 있대요."

"으음……."

"그건 법적으로 아무런 구속력도 없지 않습니까?"

무태식은 고개를 갸웃했다. 소설에서야 할아버지가 정해 준 정혼자가 있다느니 하는 이야기가 나오곤 하지만 법적으로는 누가 정해 줬든 당사자가 한 약혼이 아닌 이상에는 아무런 의미가 없다.

"알아요. 그런데 그게 아니잖아요."

"하긴 만구파니까."

사건을 덮기 위해서 집단 자살까지 유도하는 만구파다. 그들이 과연 그런 자신들의 내부 규정을 어기려는 사람을 그냥 둘까?

"그래서 약혼자가 있는데 나이 서른여덟 살 먹은 노총각이래요."

"으잉?"

"그건 너무했다."

아무리 띠동갑 커플도 있다지만 이건 나이 차가 너무하다 싶은 정도.

"더군다나 그 신분이 신도들 사이에서 아주 신분이 높은 사람의 아들이라고. 그가 자신을 요구해서 성사된 약혼이라고……."

"어쩐지……."

"뭡니까, 그게? 실질적으로 매매잖아요?"

약혼이라는 것은 양쪽이 다 동의해야 성립되는 것이다. 그런데 남자가 달라는 이유로 고작 열여섯 살 먹은 어린아이를 약혼자로 정해 버리다니.

"말도 안 되는 소리!"

심지어 딸을 가진 송정한이 화낼 정도였다.

"그런데 그 녀석이 약혼하자마자 무리한 요구를 한다고."

"도대체 어떤…… 아닙니다……. 그냥…… 말하지 맙시다. 생각하기도 더러우니까."

노형진은 물어보려다가 말았다.

열여섯 살의 어린 나이에 그 또래로 보이지 않는 빠른 발육을 가진 여자아이. 그런 아이에게 그쪽이 한 무리한 요구는 안 봐도 뻔하다.

"그런 새끼들은 감방에 넣어야 하는 거 아닙니까?"

무태식은 화내면서 소리를 질렀지만 노형진은 고개를 흔들었다.

"신고는 할 수 있겠지만 의미가 없지요."

"왜요!"

"부모가 신도잖습니까?"

"아……."

그렇다. 이 상황에서 문제는 바로 부모다.

일단 그녀가 피해자로서 고소를 넣을 수는 있다. 하지만 대한민국 법률상 그 법정대리인은 부모다.

즉, 그녀가 소송을 넣는다 해도 법정대리인인 그녀의 부모가 소송을 취하해 버리면 방법이 없는 것이다.

"이게 미성년자를 대상으로 한 성범죄가 근절되지 않는 이유 중 하나잖습니까?"

"젠장."

아동 범죄자들은 불우한 가정의 아이들을 잘 노린다. 가난해서 부모가 아이에게 잘 신경 쓰지 못하는 것도 있지만 설사 걸린다고 해도 돈으로 무마할 수 있기 때문이다.

범죄마저도 상대의 돈을 봐 가면서 저지르는 것이 현실.

"방법이 없지."

송정한은 고개를 흔들었다.

"일단 법정 미성년자들에게 아무런 권한도 없는 게 문제야."

"맞습니다. 이번에는 미안하지만 진짜 방법이 없습니다. 강간당한 아이들을 왜 집으로 돌려보내는지 아시지 않습니까?"

"싯팔."

무태식은 분노했고, 혹시나 하는 마음에 회의를 열자고 했던 민시아는 실망했다.

"이런 상황이니 어쩌겠어."

다들 부정적으로 고개를 흔들었다.

한국에서 재판하다 보면 아버지가 딸을 강간하는 후안무치한 사건들도 벌어진다.

문제는 재판을 한다고 해도 다른 부모인 어머니가 가정을 위한다는 이유에 대리인으로서 소 취하를 하는 경우가 있는 것이다. 그뿐만 아니라 재판부조차 어쩔 수 없이 법정대리인이자 보호자인 그 강간범에게 다시 돌려보내야 하는 경우가 많다.

그러고 그 아이가 다시 돌아갔을 때 벌어질 일은 너무나도 확고하다. 처벌하지 못한다는 것을 알았을 텐데 거리낄 것이 어디에 있겠는가?

"음……."

하지만 노형진은 말하지 않고 고민만 하고 있었다.

"어쩌면 방법이 있을지도 모릅니다."

"방법이 있다고?"

"이건 불가능해, 노 변호사. 아무리 노 변호사라고 해도 없는 법을 만들지는 못한다고."

성추행으로 신고한다고 해도 신도인 부모가 취하하면 그만이다.

"그 부모의 자격을 없애 버리면 그만이죠."

"그런 게 가능할 리가……."

"잠시만요."

노형진은 일어나서 컴퓨터로 다가가 뭔가를 확인하기 시작했다. 기억이 맞는다면 올해쯤 생기는 법이 있을 것이다.

'올해인 건 맞는데……. 이게 지금인지 나중인지 기억이 안 난단 말이야.'

나중에 생기는 거라면 가출이든 뭐든 해서 시간을 끌어야 할 테고, 생겼다면 바로 시작할 수 있을 것이다.

그리고 얼마 지나지 않아 노형진은 눈을 크게 떴다.

"여기 있군요."

"있다니?"

"여기 보세요. 친권 상실 청구 제도."

"친권 상실 청구 제도?"

낯선 말에 변호사들은 고개를 갸웃했다.

변호사들이라고 모든 법을 다 아는 것은 아니다. 한 해만 해도 수백 개의 법이 생기고 바뀌기 때문이다. 그래서 자주 사용되지 않는 법에 대해서는 모르는 경우가 많다.

이 제도도 마찬가지다. 이 법은 법이 만들어지고도 무려 2년간이나 실무자들이 몰라서 피해자들을 강간범에게 돌려보냈을 정도로 알려지지 않았다.

"어, 진짜네?"

후다닥 달려온 송정한은 깜짝 놀랐다.

"언제 이런 법이 생긴 거지?"

"얼마 안 되었습니다."

"이런, 이런……."

남상주 변호사조차 몰랐다는 듯 혀를 끌끌 찼다.

"이거면 가능할까요?"

"아마도요."

친권 상실 청구 제도란 말 그대로 친권자들이 그 보호자로 권리를 행사하는 데에 있어 심각한 문제가 있을 경우, 법원에서 그들의 친권을 박탈하는 것이다.

가령 위와 같은 경우라면 과거에는 어찌 되었건 돌려보내는 수밖에 없었지만 이 법이 생기고 난 후에는 강간한 아버지라는 인간, 아니 쓰레기는 아동 강간으로, 사건을 은폐하기 위해서 취하서를 써 준 엄마라는 존재는 사건의 종범으로 처벌할 수 있게 되었다.

"그럼 일단 신고하면……."

"안 됩니다."

"에엑! 왜요?"

"일사부재리의 원칙이 있잖습니까?"

"아……."

일사부재리의 원칙이란 동일한 범죄로 두 번 처벌받지 않는다는 법률 용어다.

"지금 고발하면 분명 부모들이 소송을 취하할 겁니다."

"그럼 어떻게 해요? 일단 친권 상실 청구부터 할까요?"

"그것도 무리일 것 같은데요?"

강간이 벌어진 것도 아니고 약혼자끼리의 관계 요구이다 보니 그걸로 상실될 것 같지는 않았다. 더군다나 그걸 청구할 수 있는 건 검찰을 비롯한 일부뿐이다.

"즉, 성폭행이나 그에 준하는 범죄가 성립되었음을 입증하고 부모들이 그걸 고의로 방치했음을 알아야 검찰 쪽에서 청구할 수 있습니다. 우리가 하겠다고 해서 할 수 있는 게 아니에요. 그렇다고 그 청구를 하기 위해서 성폭행을 당하라고 할 수는 없지 않습니까?"

"으음……."

이게 법의 맹점이다.

청구하는 사람이 사건을 인지하기 전에 청구 대상인 범죄자들, 아니 부모들이 먼저 소송을 취하할 수 있다는 것.

"젠장! 뭐가 이따위야!"

정작 그 피해자인 아동들은 그런 청구를 할 권리가 없다. 그러니 남이 구해 주기만을 바라야 한다는 것이다.

"노 변호사님."

민시아는 노형진을 뚫어지게 바라보았다. 방법이 없느냐는 시선이다.

"휴우."

그런 시선을 느낀 노형진은 한숨을 내쉬었다.

"방법이 없는 건 아닙니다. 하지만…… 쉽지 않습니다."

"그래도 그냥 둘 수는 없잖아요."

"그거야 그렇지요."

이대로 두면 무슨 일이 벌어질지 뻔한 일.

"이번 사건 수임료는 아마도 대룡재단에 지원 요청을 하면 줄 거야."

대룡은 지난번 소송 사건에서 피해자들을 도와준 것이 회사의 이미지에 극도로 도움이 된다는 사실을 알고는 적극적으로 지원을 아끼지 않고 있다.

더군다나 이번에는 지난번과 달리 확실하게 피해자가 있는 데다 그 피해자가 정상적인 사람이라면 불쌍하게 여길 만한 어린아이이니 거부하지는 않을 것이다.

"돈이 문제가 아닙니다."

"그럼?"

"이걸 청구할 수 있는 사람은 검사입니다. 물론 다른 사람도 있기는 한데…… 솔직히 말해서 그 사람들이 말을 들어 처먹을 인간들이 아닌지라."

"으잉?"

그들이 나서서 해 줬으면 좋겠지만 그럴 리가 없다는 걸 노형진은 누구보다 가장 잘 알고 있었다.

⚖

"확실한 거니?"

"네."

노형진은 강수련을 불러서 정식으로 물어봤다. 지금부터 일어날 일은 어찌 보면 열여섯 살 아이에게는 잔혹한 일일 수도 있기 때문이다.

"이런 지옥 같은 집단에서 나오고 싶어 하는 애들이 한두 명이 아니에요."

"그 정도야?"

"네."

강수련에게 들은 만구파의 현실은 참혹했다.

강수련처럼 어린아이들을 교단의 지도층에 선물하는 목적으로 맺어 주는 것은 흔한 경우이고, 심지어 열네 살짜리 남자아이를 마흔 살 먹은 과부와 약혼시키거나 장애가 있는 아이를 가진 부모가 돈을 주고 멀쩡한 아이와 결혼시켜서 자기 자식의 인생을 떠넘기는 등 심각한 문제들이 벌어지고 있었다.

"음……."

노형진은 직감적으로 이 문제를 해결하면 그 아이들이 모두 자신들에게 도움을 청하러 올 거라는 생각을 했다.

그래도 그냥 무시할 수는 없는 노릇 아닌가?

아이들은 부모 인생의 부속물이 아닌 것이다.

"그럼 넌 이 소송을 하면 어떤 일이 벌어질지 아니?"

"아마도 부모님은 평생 못 보겠죠. 그건 약과이고 그쪽에서 어떤 식으로든 보복하려고 할 수도 있겠지요."

생각보다 냉철하게 상황을 직시하고 있는 강수련이었다.

"차라리 죽었으면 죽었지, 그런 변태 녀석 녀석이랑 결혼 못 해요. 죽더라도 곱게 죽겠어요."

"변태?"

"원래 저 말고 다른 약혼자가 있었어요."

"뭐?"

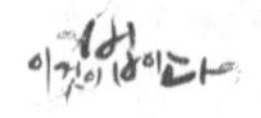

그건 듣지 못한 이야기였다.

"그런데 얼마 전에 자살했어요. 듣기로는 그 녀석이 변태 성욕을 가지고 있는데 그걸 버티지 못했다고……."

"끄응……."

그럼 이건 심각한 문제다.

"자주 찾아오니?"

"거의 매일요."

"어떻게 버티는 거니?"

그 말에 강수련은 자신의 가방에서 뭔가를 꺼내 들었다. 그걸 본 노형진은 자신도 모르게 침을 꿀꺽 삼켰다.

"차라리 죽겠다고 했죠."

그녀가 꺼낸 것은 서슬 퍼런 과도였기 때문이다

매일같이 찾아오는 인간에 대항하여 그녀가 선택할 수 있는 방법은 그다지 많지 않았으리라.

그것도 부모님이 완전히 그의 편인 상황에서 말이다.

"알았다."

노형진은 고개를 끄덕였다. 나중의 문제는 나중에 해결하면 된다. 당장은 이 아이의 문제가 급하다.

아무리 저번 일의 여파로 만구파가 수많은 사람들이 떠난 상황이라고 하지만 골수 광신 집단은 여전히 남아 있기에 괜찮아질 거라 방심할 수는 없다. 그렇기에 오히려 통제되지 않을 가능성이 높다. 그나마 브레이크 역할을 하던 일반 신도들이 다 나가서 눈치를 볼 사람도 없어졌으니 말이다.
"돈은……."
"제가 졸업하면 알바를 해서라도 갚을게요."
"아니다. 그것 때문에 오라고 한 거란다. 대룡이 세운 대룡평등재단이라는 곳, 아니?"
"아니요."
"몰라?"
"외부 정보는 극도로 제한하거든요. 솔직히 여기에 온 것도 학교에서 아이들이 한 말을 듣고 무작정 온 거예요. 그런 소송 중이라는 것도 일반 신도들은 알지도 못했어요."
"끄응……."
그렇다면 생각보다 심각하게 통제된 사회라는 것이다.
사실 그럴 수밖에 없다. 외부를 보게 되면 당연히 거기에 물들게 되어 광신하던 상태에서 벗어나는 사람들이 생기기 마련이니까.
"대룡평등재단은 말이다. 법률 과정에서 돈이 없어서 정당한 재판을 하지 못하는 피해자들을 위한 재단이란다. 그곳에서는 너같이 돈이 없어서 직접 자신을 지키지 못하는 사람들을 위해서 소송 비용을 지원해 주고 있지. 그래서 이 문제를 이야기했는데 흔쾌하게 내주겠다고 했단다. 결국 남은 건 너의 선택이야. 네가 결정하면 정식으로 소송을 시작할 거란다."
그녀는 감동 어린 표정을 지었다. 사실 올 때만 해도 자신에게 돈이 없어서 도움받을 수 있을지 확신하지 않았다. 그런데 자신들을 위해서 돈까지 내주는 집단이라니.

"어떻게 생각하니? 만일 여기에 동의한다면 너는 고아원, 아니 요즘은 보육원이라고 하지. 그곳에 가야 한다."

"하겠어요. 고아원이 아니라 그보다 더한 곳이라도 이곳보다는 나을 것 같네요."

그녀는 강단 있게 마음을 결정했다.

"심각한데."

깨진 창문. 제대로 수리되지 않은 실내. 텅 비어 있는 냉장고.

"광신도라 이런 건가요?"

"그럴 겁니다."

강수련의 말에 따르면 부모님이 벌어 오는 거의 대부분의 돈을 교단에 바치는 터라 최저의 생활을 하고 있다고 한다.

"윽."

화장실에 들어간 민시아 변호사는 기겁하면서 뒤로 물러났다. 제대로 청소되지 않은 화장실에서 심각한 냄새가 풍겼기 때문이다.

"어떻게 이렇게 살죠?"

"인간은 미치면 뭐든 합니다."

민시아 변호사가 이번 사건을 담당하겠다고 강하게 주장하여 이번에는 그녀와 함께 일하게 되었다.

"쌀이……."

쌀통을 열어 보니 거의 바닥을 보이는 쌀들.

그나마 일부 남은 쌀 위로는 바구미, 즉 쌀벌레들이 기어다니고 있었다.

"용케도 이런 집에서 살았네요."

"강수련 학생이 버티고 버티면서 집에 최대한 안 온다는 이유를 알겠네요."

강수련이 몰래 들어가서 확인해 보라면서 집의 열쇠를 준 덕분에 노형진은 민시아와 함께 그녀의 집에 와서 사실을 확인하고 있었다.

"도대체가……."

무슨 깊은 산골 속의 집이나 달동네도 아닌 도시 한복판에 있는 멀쩡한 빌라다. 잘사는 사람들의 집은 아니지만 최소한 사람답게 살 수 있는 집인 것이다.

"집 안을 건사하는 게 그녀라는 게 틀린 말이 아닌 것 같네요."

학교에서 갔다 오면 그녀는 설거지를 하고 청소를 하고 알바를 통해 돈을 벌어서 학교에 내야 하는 비용을 내고 급식을 먹는다고 한다.

하지만 아무리 그녀가 노력해도 제대로 된 도구 없이 청소하는 것은 힘든 일. 당장 화장실도 제대로 된 청소 도구가 없어서 냄새가 나는 상황이다.

"이거 참."

창문만 해도 그렇다. 깨진 유리창을 고칠 만도 하건만 거기에 비닐을 대고 테이프로 붙인 다음, 다시 음식물용 랩으로 막아 둔 것이 전부였다.

"부모님한테 뭐라고 안 해 봤대요?"

어이가 없어서 민시아가 물어봤다. 물론 노형진도 물어봤다. 들을수록 어이가 없는 상황이었기 때문이다.

"선지자님께서 모든 걸 챙겨 주고 먹여 주고 재워 주는데 무슨 상관이냐고 그랬답니다."

"네?"

"아예 재산을 모두 바치고 그 아래로 들어갈까 하는 생각까지 하는 모양이에요."

"무슨 소리예요, 그게?"

"집단화. 그리고 사교화되는 거죠."

재산을 모두 바치고 그 아래로 들어간다. 그 대신 그 선지자라는 인간이 먹여 주고 재워 준다.

어디서 많이 보던 형태가 아닌가?

바로 노예다.

종교라는 이름하에 스스로 노예화되는 것이다.

"이 꼴이니 아이가 어떻게 해서든 벗어나려고 하죠."

어쩐지 나이에 비해서 아이가 강단이 있다고 생각이 들었는데, 이 정도일 줄이야.

"사진은 이쯤이면 된 것 같네. 다음 장소로 이동하죠."

"네."

노형진과 민시아가 그다음에 간 곳은 다름 아닌 주변 마을이었다.

"수련이? 불쌍하지. 맨날 라면을 외상으로 가져가긴 하지만."

"외상요?"

"그래, 돈이 어디 있어, 애가. 그러니까 맨날 외상이지. 그래서 알바한 돈이 나오면 갚고 그 후에는 다시 외상이고…… 쯧쯧."

"부모님은요?"

"아, 그 미친놈들? 말도 마. 일 끝나면 집도 안 가고 바로 만구의 전당인지 뭔지에 가서 기도한다우. 집에 들어오는 꼴을 못 본다니까. 제대로 된 인간들이 아녀."

"그럼 집은 잠만 자는 곳?"

"그것도 아녀. 수련이만 자는 거지. 그 인간들은 일주일에 한 번 오나? 내가 놓친 것일 수도 있지만……. 내가 밤 12시까지 가게에 있는데 그 안에 집에 들어가는 걸 거의 못 봤어. 이 자리가 오거리라 어딜 가든 다 보이거든."

조금 떨어진 가게에 있던 아줌마는 수련이의 이름이 나오자마자 혀를 끌끌 차면서 고개를 흔들었다. 그리고 그녀뿐만 아니라 집 주변의 사람들 대부분이 그 사실을 알고 있었다.

"수련요? 저도 도와주고 싶죠. 근데 말이 통해야 말이지요."

다음으로 노형진이 찾아간 사람은 2학년 때 담임이었던 사람이었다. 그 남자는 수련이라는 이름을 듣자마자 고개를 흔들었다.

"그 부모? 아니, 두 쓰레기는 완전 미쳤습니다."

"그 정도입니까?"

"우리 학교가 미션스쿨 아닙니까? 기독교 계열."

"네."

"사실 미션스쿨이라고 해도 딱히 포교하는 것도 아니고 일주일에 한 번 기도문 방송하는 게 다인데 그걸 가지고 이단에 물든다고 애를 끌고 간 게 몇 번인지. 한 번은 2주 가까이 학교를 못 나가게 했다니까요."

"이단에 물들어요?"

"네, 그러면서 학교에서 배워 봤자 얼마나 배우냐면서……."

배움의 장인 학교에서 그렇게 말한다는 게 좀 웃긴 일이기는 하지만, 하여간 그 두 부모의 상황은 그다지 좋은 것 같지 않았다.

애초에 광신이라는 이름으로 행동하는 사람 중에 과연 정상적인 사람은 얼마나 될까?

일반 사람들같이 믿음을 갖고 종교 생활을 하는 것과 광신은 전혀 다르다.

“좋아, 증언은 이쯤이면 된 것 같은데.”

주변의 증언과 상황을 촬영한 영상을 확보한 노형진은 다음 과정을 생각하자 한숨부터 나왔다.

“이제 문제입니다. 다음에 만날 사람들은 말이 안 통해서요.”

“아니, 누군데요?”

“구청장하고 시장하고 도지사요.”

그 말에 민시아는 입을 쩍 벌렸다.

“이런 규정이 있는지도 몰랐어요.”

“원래 법이라는 게 연계되는 경우가 많잖습니까?”

아동복지법에 따르면 구청장과 시장, 도지사는 아동의 피해가 극도로 클 경우 법원에 친권 상실 청구를 할 수 있다.

하지만 노형진의 기억 속에서 그런 경우는 단 한 번도 없었다.

일단 모든 공직자들이 아이들 한 명 한 명에게 관심을 가질 수도 없거니와 그런 일이 이슈화될 때쯤에는 해당 자격을 가진 사람 중 가장 빨리 대응할 수 있는 사람인 검사가 움직이기 때문이다.

아니나 다를까.

“그건 좀 무리이지 싶은데요.”

구청장은 이야기를 듣자마자 거북스러운 표정이 되었다.

요즘 잘나간다는 새론의 변호사들이라고 해서 만난 건데

심각하게 부담스러운 내용을 말하다니.

"아니, 어째서요?"

약간 어이없다는 얼굴이 된 민시아 변호사

"집안 내부의 문제에 정부가 나서는 건 좀……."

결국 또 이런 이야기를 한다. 한국에서의 잘못된 통념처럼 남의 가정사에 자신이 나서기엔 부담스럽다는 것이다. 그러나 노형진은 그 속내를 알 수 있었다.

"표가 아까우신가 보군요."

"그렇다기보다는……."

구청장은 말을 흐렸지만 안 봐도 뻔했다.

"표가 아깝다니요?"

"아무래도 종교라는 것이 주변으로 퍼져 가는 성향도 있고 집단행동도 잘하니까, 아무리 사이비라는 소리를 들어도 교인들 중 누군가가 피해를 입으면 만구파는 행동에 나설 겁니다. 그러니 지금 우리의 말을 듣고 제재하면 표가 떨어질 테니 저러는 겁니다. 안 그런가요?"

"크흠……."

구청장은 대번에 불편한 얼굴이 되었다. 노형진이 이렇게 대놓고 말할 줄은 몰랐던 것이다.

'이러니 누가 신청하겠냐고?'

부모가 양육하지 못할 정도의 쓰레기인 경우는 의외로 많다.

하지만 그걸 고발해야 하는 구청장이나 시장, 도지사는 남의 가정을 파탄 냈다는 부담스러운 말을 듣기 싫기도 하고, 종교와도 연관되었다면 해당 종교 단체에서 떨어질 게 뻔한 표 때문에 못 본 척하는 경우가 많다.

"알겠습니다."

노형진이 아무런 말도 하지 않고 나오자, 민시아는 일어나서 구청장을 무서운 눈빛으로 노려보다가 바깥으로 나왔다.

"저럴 줄은 몰랐어요."

"제가 분명히 말씀드렸잖습니까, 분명 말이 안 통할 거라고?"

"그래도 그렇지."

분명 노형진이 말이 안 통하는 인간이라고 말은 했다.

그때는 정치인이라는 사실이 확 와 닿지 않았는데 겪고 나니 노형진이 왜 그런 말을 했는지 알 것 같았다.

"일단은 시장에게 다시 가 봐야겠네요."

"그러지요."

시청으로 간 노형진.

하지만 역시나 시장은 난색을 표명하면서 자신은 종교의 자유를 인정한다는 개소리나 지껄였다.

"이런, 이런……."

민시아 변호사의 얼굴에는 당황한 기색이 가득했다. 시장까지는 어떻게 해서든 만나서 이야기해 보겠지만 다음 대상은 도지사다. 자신들이 어찌할 수 있는 수준이 아닌 것이다.

"어쩌죠, 방법이 없는데?"

"아뇨, 방법은 있습니다."

"네? 어떻게요?"

"도지사쯤 되면 그런 사이비 종교로 인한 표 이탈은 그다지 신경 쓰지 않습니다. 오히려 이런 업적을 보여서 아동에게 이렇게나 신경을 쓴다고 자랑하고 싶을 수 있지요."

"그럼 잘될 수도 있다는 뜻?"

"네, 한 가지 문제만 빼면 말이죠."

"한 가지 문제?"

"과연 도지사가 우리를 만나 줄 것인가라는 거죠. 그를 만나려고 하는 사람들은 사방에 널려 있으니까."

"우우우……."

여전히 길이 안 보이는 상황에 민시아는 자신도 모르게 이상한 소리를 낼 수밖에 없었다.

하지만 노형진은 만날 자신이 있었다.

⚖

"유태만 도지사님, 반갑습니다."

민시아의 얼굴이 어리벙벙해졌다. 도지사쯤 되는 사람을

만나는 건 쉬운 일이 아닐 거라 생각해서 반쯤 포기하고 있었는데 노형진이 전화를 걸어 바로 약속을 잡은 것이다.

"오랜만입니다, 노 변호사."

"잘 지내셨지요?"

"나야 뭐, 잘 지내고 있지요."

유태만은 노형진을 보고 반가운 얼굴이 되었다. 그가 군대에서 벌인 일 덕분에 도지사가 될 수 있었기 때문이다.

가장 강력한 라이벌인 그 당시 도지사의 비리를 캐내 준 덕분에 유태만은 압도적인 차이로 도지사가 되었다.

"그래, 부탁할 게 있다고요?"

"사실은 이런 일이 있습니다."

노형진은 애초부터 구청장과 시장이 거절할 걸 알고 있었다. 그리고 도지사에게 부탁할 생각도 하고 있었다.

안면이 있고 자신에게 빚이 있는 도지사가 그의 입장에서는 어렵지 않은 부탁을 들어주지 않을 이유가 없다.

"그런 부탁이군요. 바로 처리하겠습니다."

"감사합니다."

노형진은 미소로 웃으면서 대답하더니 민시아 변호사를 바라보았다.

"민 변호사님, 잠시 나가 계시겠어요?"

"네?"

"이제 할 말은 상당히 정치적인 이야기라서요. 나중에 민 변호사님이 있었다는 사실이 알려지면 아무래도 민 변호사님이 불편할 수도 있으니까.”

“네……. 아, 네…….”

민시아는 변호사이기는 하지만 정치 쪽은 그다지 관심이 없었기에 조용히 나갔고, 얼마 지나지 않아서 노형진은 이야기를 끝내고 바깥으로 나왔다.

“벌써 끝나신 거예요?”

“네, 힘든 일은 아니니까요.”

“아는 사이라면 그냥 처음부터 이쪽에 부탁하지 그러셨어요?”

그랬다면 이런 고생을 하지 않고 쉽게 처리되었을 것이다. 그런데 구청장과 시장을 거쳐서 여기까지 오다니.

그 말에 노형진은 미소를 지었다.

“원래 이런 건 거래거든요.”

“거래?”

“네, 유태만 도지사님은 제게 빚이 있습니다. 아주 큰 빚이죠.”

“그런데요?”

“그런 걸 이번 기회에 쉽게 갚게 해 버리면 저희가 나중에 그걸 써먹기 힘들어집니다. 더군다나 그 빚에 비하면 이번 건은 너무 작은 거라서요.”

“그래도 부탁한 거 아닌가요?”

“아니요. 부탁이 아니라 거래입니다.”

"거래?"

'거래라고 하면 뭔가를 주고받았다는 건데 과연 거래할 만한 게 있었을까?'라는 생각에 민시아 변호사는 기억을 더듬어 봤지만 거래할 만한 게 없었다.

"그 거래가 뭔데요?"

"한 개의 구청장 자리와 한 개의 시장 자리입니다. 그 정도면 이런 작은 부탁을 하는 데에 충분하고도 남는 조건이죠."

"네?"

민시아는 이해할 수가 없다는 표정이었다. 아무리 노형진이 능력이 있다곤 하지만 선출직을 마음대로 조작할 수는 없다.

"어려우실 겁니다. 아무래도 정치니까요."

"솔직히 그러네요."

"간단하게 설명해 드리죠. 유태만 의원은 선국당 소속입니다. 그리고 앞에 만난 사람들은 라이벌 정당인 새헌당 소속이구요. 전 그들이 우리와 나눈 대화에 관한 정보를 알려드렸습니다. 제가 유태만 도지사를 알면서도 왜 그들에게 먼저 갔겠습니까? 쓸데없이 놀러 간 거 아닙니다."

"아!"

그 순간 민시아는 노형진이 노린 바를 알아챘다. 그들이 거절할 건 알고 있었다.

물론 지금에야 방법이 없다. 하지만 그 관련 증거를 가지고 있다면? 그리고 그걸 가지고 있다가 선거 때 써먹는다면?

"그들은 나름 잘 버텼습니다. 아마 특이한 이변이 없는 한 재임할 수도 있겠지요."

맞는 말이다. 특별한 일이 없는 한 그렇게 될 것이다.

하지만 구해 달라는 한 어린 소녀에 대한 요청을 대놓고 거절한 걸 그걸 다른 반대 정당의 정치인이 알게 된다면 과연 이변이라는 게 없을까?

"어찌 보면 유태만에게는 상관없는 일입니다. 하지만 소속 정당에서는 최소한 한 개의 구청장 자리와 시장 자리를 차지할 수 있는 가장 강력한 무기를 쥐게 된 것이지요."

유태만 개인에게는 상관없겠지만 정당에는 큰 이익일 테니, 그걸 확정시킨 유태만의 입김이 정당 내부에서 커질 건 자명한 일.

"이 정도면 충분히 거래할 만하죠."

"대단하세요."

"대단할 건 없습니다. 정치계의 생리만 알면 말이죠. 바로 공짜는 없다는 것 말입니다."

"공짜는 없다라……."

유태만은 확실하게 고발할 테니 그 후에는 자연스럽게 소송이 진행될 것이다. 그렇다면 그 후에는 안전하게 그 아이를 빼낼 수 있다.

"자, 그럼 수련이한테 갈까요? 어릴 때는 잘 먹어야 하니까 맛있는 거나 사 주러 가죠. 든든하게 먹어야 싸울 수 있는 법입니다. 이제 힘든 싸움을 해야 할 때니까요."

분명 힘든 싸움이 될 것이다.

다음 권으로 이어집니다

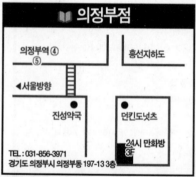

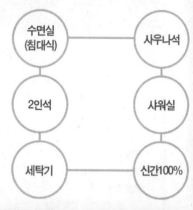

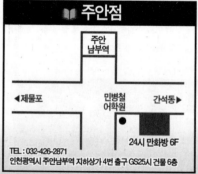

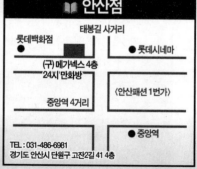